U0036298

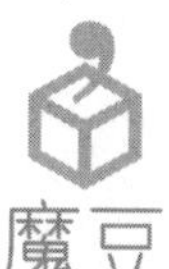
魔豆

魔豆

神使繪卷
The Story of GOD's Agents
06

目錄

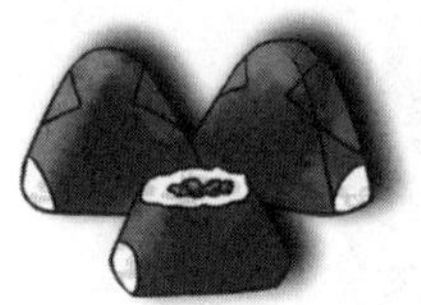

神使繪卷

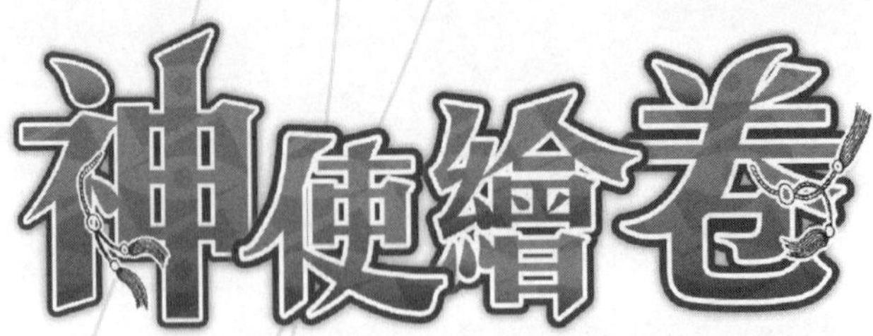

【人物介紹】

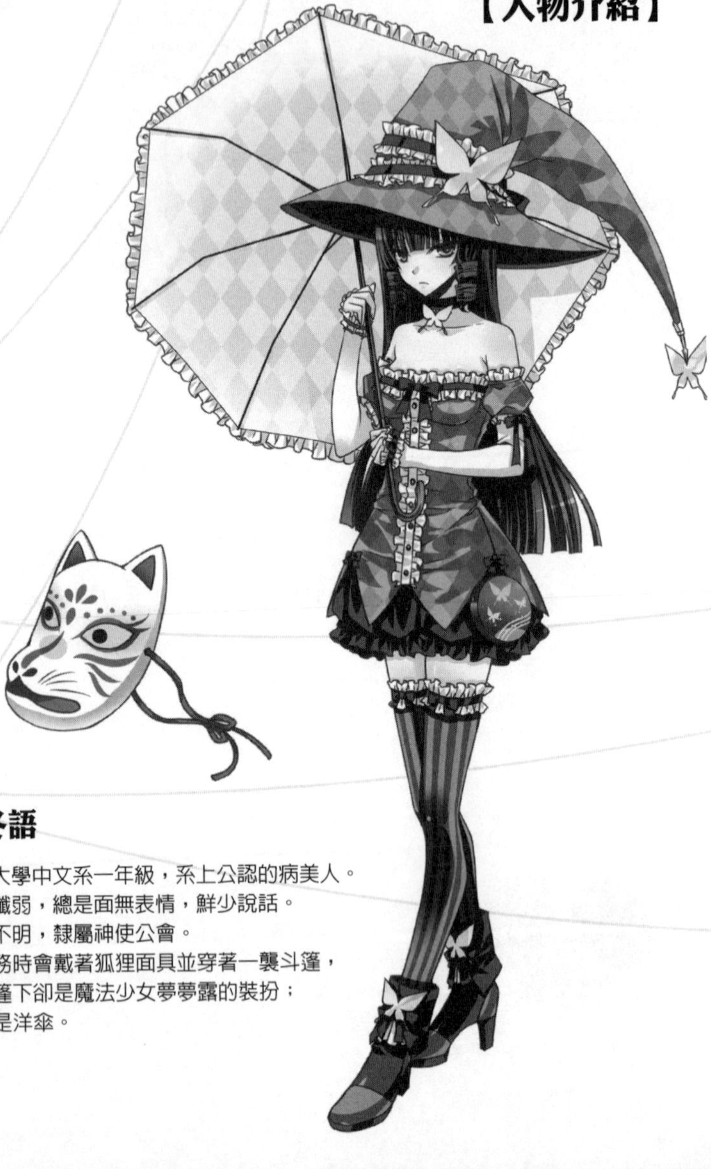

秋冬語

繁星大學中文系一年級，系上公認的病美人。
外表纖弱，總是面無表情，鮮少說話。
種族不明，隸屬神使公會。
出任務時會戴著狐狸面具並穿著一襲斗篷，
但斗篷下卻是魔法少女夢夢露的裝扮；
武器是洋傘。

宮一刻

繁星大學中文系一年級，暱稱小白。
在系上作風低調、不常發言，總是獨來獨往。
常使用通訊軟體或手機，與另一端不知名人士聯絡……
具有半神的身分，因緣際會下，
成為了曲九江的神！

柯維安

繁星大學中文系一年級。
娃娃臉，總是揹著一個大背包。
雖然腦筋動得快，但缺乏體力，
以喜愛不可思議事件及都市傳說聞名。
身為神使，大型毛筆是他的武器，
而他許下的願望，竟連妖怪都難以啓齒！

曲九江

繁星大學中文系一年級。
半妖，人類與妖怪的混血，
對周遭事物都不放在心上的型男。
「山神事件」過後，成為宮一刻的神使。
出乎意料喜歡某種飲料！

楊百罌

繁星大學中文系一年級。
身為班代，個性高傲、自尊心強，
同時責任心也重；常被認為不好相處。
現為楊家狩妖士當家家主。

珊琳

綠髮、深棕色眼睛的小女娃，
擁有操縱植物的能力。
真實身分是山精，楊家的下一任山神。

安萬里

繁星大學文學研究同好會的社長，
同時也是神使公會的副會長，屬軍師型人物。
文質彬彬，總是笑臉迎人，但其實……
鉛字中毒者，身上總會帶著一本書，
有時會引用名著裡的句子。
妖怪「守鑰」一族。

胡十炎

神使公會的會長，六尾妖狐一枚。
雖然是小男孩的模樣，但卻已有六百多歲。
常頂著張天真無邪的天使面孔，說出宛如
惡魔降臨的恐怖台詞……
對魔法少女夢夢露的愛，無人可比！

楔子

她從來沒想過水會是那麼冰、那麼可怕的存在……冰得徹骨，寒意從毛孔入侵她的皮膚底下，再擴散至四肢百骸。

救……救命……

她拚了命地高聲喊叫，以爲自己眞的聲嘶力竭地喊出來了。可是淹進口鼻的大量液體卻覆蓋了她的聲音，沖入鼻腔和喉頭的水讓她痛苦得劇烈咳嗽，然而這麼做的後果，就是嗆入越來越多的水。

她逐漸聽不到自己的呼救聲，一直高舉揮動的手變得越來越疲憊，像綁了鉛塊般漸漸垂下。腳也無法再踢動，那隻驟然抽筋的腳簡直像是異於她身體的另一個生物，完全不聽自己的指揮，只會傳來無盡的疼痛。

好冷、好痛……爲什麼她要碰上這種事？

滾燙的淚珠大顆大顆地從眼眶裡溢落，卻一下就被漫淹過來的冰冷湖水吞噬。

「XXX！XXXX！」

「XX！XXXXX！」

一旁似乎有誰的大叫聲傳來。

「救……」她終於成功吐出一個字，但也僅有這一個字而已，剩下的全變成咕嚕聲。她發現自己的身體沉重得超乎自己想像，宛如被人不停地綁上一顆又一顆的石塊。

她驚恐地張大嘴，想在一波波湧來的水之間搶得一點稀薄的空氣。可是她只是吞下更多的水，或是製造出無力的水泡。

她的視野因爲眼淚和四周的水糊成一片，看不清周遭景象。有股猛烈的疼痛落到她的身上，可是被冰冷和恐懼蓋了過去，她只知道要死死地拽扯住某個東西不放手。

她在往下沉……往下沉……

水是如此冰冷徹骨，如此可怕……

她好怕……她好怕啊！爲什麼是她碰上這種事？她還那麼年輕，還有那麼長的暑假要過……不該是她碰上這種事的……都是XXX的錯！

啊啊，都是XXX的錯！否則她也不會……

冰冷湖水淹沒了一切，少女的身軀再也無法維持力氣、向下沉落。白皙的皮膚彷彿裹上一層青白，一隻腳僵直地直伸，一隻腳彎曲形成一個古怪的角度，長長的髮絲則是如漆黑水草般在水中漂散。

少女五指握得非常緊，緊得就算用盡極大力氣也掰不開，那一根根收得緊密的手指像是不肯放開地抓拽住了什麼。

而在那雙大睜的眼眸底處，除了殘留著未散的恐懼外，似乎還盤踞著一份……怨恨。

第一章

半夜兩點多的時刻，大多數人應該是好夢正甜、睡得正香，然而符家的本館，卻是在不久前才結束了一場重要會議。

「符」，在大眾眼中或許只是一個單純的姓氏，然而在狩妖士這門職業裡，卻是不容小覷的存在。

因爲符家，正是被尊爲狩妖士之首的三大家之一。

而和多年來已變得低調、甚至隱有沒落之象的楊家，以及凡事保持中立之道、無關之事素來不插手的黑家相比，符家的勢力可謂明顯越發壯大。不但手下有大批親手培育出來的子弟兵，加上其作風強勢剛硬，對待一切妖物皆是不留情面地肅清，令人不禁生畏。

在不知不覺中，地位似乎已凌駕在另外兩家之上。

即使沒有經過公認，但泰半狩妖士都已將符家視爲領導者，奉其命令爲圭臬。

這一次的狩妖士會議是由符家召開，在其威名下，前來參與的人數多不勝數。由於會議持續多日，因此符家還特地開放別館，以供與會人士留宿，省去奔波之苦。

狩妖士會議每年皆會舉辦一次，宗旨是交換情報、促進交流。只不過狩妖士們大多另有正職，或是分散各地，白日不易聚集，於是會議時間向來是在半夜。

經過冗長會議一番折騰之後，回到符家別館的狩妖士們有的直接返回客房休息，有的則精神正好地四處蹓躂，當然也有回到自己房間，卻未急著睡下的人。

楊百罌就是其中之一。

這名容姿艷麗的褐髮女孩是陪同楊青硯一塊前來的。雖說楊青硯要她大可不用參加這場會議，畢竟都放暑假了，大學生就是要好好享受才對，和朋友一同出門遊玩豈不是更好嗎？但楊百罌素來責任心極重，自己又是現任家主的身分，於公於私，她都覺得自己理應出席。

也因為如此，當中午時分她接到了來自安萬里的邀請電話——關於不可思議社的突發社遊，即使她內心角落有個聲音高聲喊著答應，她仍極力壓抑下來，無視心裡的渴望，用著冷淡有禮的語氣回予拒絕。

她不會就這麼忘記她的職責，出席狩妖士會議才是她該做的事。

只是，這不代表楊百罌就不會在意社遊的後續發展。否則她也不會在半夜兩點半後還打開帶來的筆電，點開skype準備登入，想看看有沒有人依然在線上。

她只是想看看那名白髮男孩有沒有在線上……如果對方未睡的話，也許她可以發個什麼訊息過去。

「就只是……只是想知道社遊的情況怎樣了，沒有其他特別的意思。」一發現自己無意中呢喃出聲，楊百罌連忙摀上嘴，她轉頭望向床鋪方向。

棉被下隆起的一抹嬌小身影毫無動靜，清秀的小臉面向著床外。捲翹的眼睫毛掩著，嘴角似乎猶帶笑意，一頭長長的髮絲凌亂地四散。

跟著楊家祖孫來此，但平日作息習慣讓珊琳早早就寢，她仍然睡得香甜，似乎正作著什麼好夢。

見狀，楊百罌鬆了一口氣，她不想吵醒珊琳。

突然間，珊琳翻了個身，發出含糊的咕噥，「棉花糖、棒棒糖……好多好多糖果……」那稚氣的夢囈讓楊百罌忍不住微笑了，平時艷麗卻冷漠的臉蛋，如今可見大片柔軟。

楊百罌想，等這次會議結束，就帶珊琳去逛逛夜市。繁星市的繁星夜市可是很有名的，既然是本地人，就該去過一次才行。然後，要買很多顏色的棉花糖和棒棒糖給珊琳。

粉紅的、紫的、綠的、黃的、白的、一圈圈色彩的……就算那些只不過是人工色素，可是，偶爾一次也沒關係。

而在那之前，也許……她可以試著邀請小白一起去？

彷彿是想到了他們三人一起逛夜市的畫面，楊百罌莫名臉頰一熱。她趕忙甩去腦袋裡的胡思亂想，迅速定了定心神。

這名給人「高嶺之花」印象的美麗女孩深呼吸，用著連自己也不自覺的愼重，輸入了skype的帳密。

隨著進入主畫面，筆電螢幕上的右下角跳出有其他人上線的提醒視窗。是柯維安。

楊百罌微微一訝，沒想到那個娃娃臉男孩竟然會在這個時間點登入。那麼其他人……楊百罌心念一動，隱含其中的還有一絲振奮。可是當她瞧見被自己分出的「不可思議社」群組中，僅有柯維安的名字旁是顯示綠色時，那絲振奮就像遇上水的火星，頓時熄了個一乾二淨。

楊百罌不自覺咬住柔軟的下唇，暗惱自己怎麼忘記了。那名總是會擺出不善表情的白髮男孩，就連手機都不是智慧型的。他們幾人間也唯有柯維安筆電不離身，既然柯維安上線了，那麼對方想當然耳是離線狀態。

楊百罌裝作沒有察覺在心頭盤繞的細微失望，猶豫一瞬，還是主動發出訊息給柯維安。

只不過楊百罌沒有料到的是，簡單的「晚安」兩字一送出，換來的竟會是一則是否接受視訊的邀請。

看著那則邀請，楊百罌著實吃了一驚。她不明白為什麼柯維安會想要在半夜時分開啓視訊，可她仍是反射性點按了「接受」。

下一瞬間，螢幕上驀然躍出一張熟悉的臉。

大眼睛、娃娃臉，頰上還分布著些許雀斑，頭髮依舊活力地鬈翹得亂七八糟，宛如頭上頂了一個鳥巢——正是柯維安沒錯。

從楊百罌的角度看去，可以看見柯維安顯然待在旅館的房間裡，背後是敞開的房門，除此之外並無其他人的蹤影。

看不見曲九江和小白……

「柯維安，你……」楊百罌發覺自己的心緒浮動，連忙再凝神，艷麗的臉孔恢復素來的冷淡高傲，「你爲什麼要開視訊？你沒注意到現在幾點嗎？保持安靜是一般人的常識吧？」

「放心好了，班代，小白和曲九江去外面看夜景，不用擔心會吵醒他的。」螢幕上的娃娃臉露出笑容，大眼睛還眨了眨。

「少胡說了，誰擔心那種事。」被猜中心思的楊百罌眼中不禁掠過一瞬慌亂，但表面還是力持鎮定，包括語氣仍是一貫的冷硬。只是一想到自己的弟弟居然和一刻在外邊看夜景，她無法避免地產生了難以言喻的羨慕之情。

或許，也隱帶了一絲妒意的存在。

「看什麼夜景，詛咒你被流星砸中算了……」楊百罌喃喃自語，隨即驚覺到自己竟在不自覺中用那麼孩子氣的方式抱怨曲九江。她的耳朵忍不住燙了起來，不敢相信自己會有這般幼稚的一面。

幸好她這句自言自語太輕了，似乎沒被柯維安聽進去。那名娃娃臉男孩只是詢問似地望著她，像在等待她接下來的回應。

「只不過是剛開完狩妖士會議不久，所以順便上網找一些資料，剛好看見你上線。」楊百罌語速過快地替自己主動敲人skype的行爲解釋。一說完，她都覺得這理由聽起來稍嫌薄弱，那名古靈精怪的男孩不知道是不是又會窺破她的想法，看出她的眞正目的其實就僅僅是爲著某一人而已。

「開會開到這麼晚啊……」柯維安看起來沒有懷疑，他咋舌地嘆道，像是沒想到狩妖士會議持續到剛才才結束。「班代現在是在哪個地方嗎？」

「在符家的客房裡，這次召集地點是在他們本家。狩妖士白日都有各自事務，才將時間定於夜間，接下來還有幾天會議。」既然沒被看穿，楊百罌的嗓音轉向冷淡。接著她像做下一個決定，先轉頭確認珊琳未醒，復而放輕音量，遲疑地將整日下來一直揮之不去的疑問問出。

「社遊……好玩嗎？」

楊百罌在之前從來沒想過和所謂的「朋友」一起去旅行。她沒有朋友，也不需要浪費時間去在意那種小事，楊家家主的責任與義務就是她的全部。

可是，在眞正認識一刻等人、重新和曲九江相認後……一切就都不一樣了。

就算自己這次無法參與社團社遊，她還是會忍不住想要知道大家的情況。

「還挺好玩的。」柯維安笑嘻嘻地說，聲音裡是半夜也磨滅不去的活力充沛，「小白說會帶紀念品回去的。」

「咳……其實也不用那麼費心。」一聽到那個人名再度出現，楊百罌克制不了內心的喜悅。她垂下長長的眼睫毛，試圖半掩著眸子，好讓人不要發現她太明顯的情緒起伏，「但，買了也沒關係的。」

不管那名白髮男孩會帶給自己什麼，她都開始期待了起來。

然而就在下一秒，楊百罌聽見柯維安再度開口，竟是問出她全然意想不到的問題。

「班代，我有問題想問妳，很重要的。就是……妳知道黑令這個人嗎？聽說他是黑家的狩妖士，妳認不認識他？」

楊百罌錯愕，「黑令？你怎麼會……」

「拜託妳了，班代，請把妳知道的都告訴我！」柯維安的語氣流露急切，在在顯示他是真的想要獲得答案。

楊百罌的愕然和驚疑只是剎那間的事。和柯維安認識的這段時間以來，她明白對方不會無端要挖某個人的身家資料，他一定有自己的理由。

「……我了解了。」楊百罌在一瞬的沉默後，堅定地給予回應。

雖然不曉得爲何會從柯維安口中聽見這個名字，不過她的確知曉「黑令」這個人。

「我和黑家的人並沒有什麼私交，不過爺爺和黑家的現任家主相當熟，也常有來往，所以我也算是認識黑令。或者說，三大家的人大多都聽聞過他。黑令是黑家家主的獨生子，也是下任家主的候選繼承人之一。黑家會考慮血統，不過更看重的是實力與品格，因此分家和本家的人都有資格成爲候選人選。」

「我上一次見到黑令已是數年前的事了，但或多或少還記得，他的年紀和我們差不多，個子很高，在同輩人之中相當突出。不太理會身邊的事，對誰幾乎都不搭理，即使是長輩也一樣，比曲九江還糟糕。我無法認同他的無禮，連基本禮儀都沒辦法放進腦袋的傢伙，除了『差勁』以外，我想不出還有更適合的字詞形容。」

冷酷地吐出自己對黑令的評論，楊百罌緊接著注意到螢幕上的娃娃臉男孩竟不見笑意，留下的唯有嚴肅和凌厲，甚至反常地沒有立刻接話。

「柯維安？柯維安？」楊百罌直覺有異，馬上想再追問。可是柯維安快一步地說話了，截斷她來不及問出的問題。

「沒事的，班代，我正好在想事情。」柯維安露齒一笑，前一秒的神情宛如只是幻覺。

楊百罌這時卻無暇在意對方先前的異樣了，因爲有其他事奪走她的注意力。

楊百罌睜大眼，瞳孔不由自主地收縮，瞳底倒映出一幅景象——柯維安背後敞開的房門口，有人無聲無息地走了進來！

那是一名楊百罌不認識的陌生男子。他有著柔滑的褐金色髮絲，身形高挑顯瘦，手腳修長，襯著俊俏的臉孔，簡直就像個發光體般的存在。

然而不管他是什麼人，他正悄無聲息地接近柯維安都是不爭的事實！

「柯維安，你身後站著的人是誰？」楊百罌滿心驚疑，想也不想地脫口問道。

與此同時，另一道男性嗓音也從螢幕另一端響了起來，柔和年輕。

「你是在跟誰說話嗎？我以爲你是來找東西的，柯……維安同學，不知道我這樣叫你，你介不介意？」

明明是道令人如沐三月春風的好聽聲音，從對方喊出柯維安名字的情形來看，他們應該彼此認識，然而楊百罌卻感受到一股深刻的不安衝湧上來。

因爲就在那道陌生男聲落下的瞬間，skype視窗裡的影像無預警地猛然轉黑！

楊百罌最後見到的畫面，就是柯維安迅雷不及掩耳地切斷他們之間的聯繫，有如深怕另一端的她被發現一樣。

發生什麼事了？那個男人到底是誰？

「柯維安？柯維安！」眼見異變突生，楊百罌急急叫喊道，這時也顧不得過大的音量是否會驚擾到熟睡的珊琳，方才的情況明擺著就是有問題！

但任憑楊百罌怎麼高喊，螢幕另一端就是毫無動靜，安靜得令人害怕。

楊百罌嘗試著改敲打鍵盤傳送訊息，卻依然沒有得到回應。

柯維安像是已經不在位置上，只剩名字旁的綠色圖樣顯示著仍在線上的狀態。

「百罌……？」原本睡沉了的珊琳被驚醒。

身為楊家未來山神的長髮小女孩爬了起來，迷迷糊糊地揉著眼，就連聲音也是含著睏盹，聽起來軟綿綿的。

楊百罌一時抽不出時間回應，她焦急地翻找出自己的手機，打算直接撥打給柯維安。

絕對是出事了，否則柯維安不可能突然斷了音訊。小白和曲九江，他們的情況也不知道怎樣了……

楊百罌捏緊手機，聽著撥號音樂響起，腳尖無意識敲踏地面，噠、噠、噠、噠。

隨著手機另一端轉入語音信箱，楊百罌的臉蛋面無表情，可拍子踩得愈發急促了。

柯維安沒有接。

不等那道要人留言的輕柔女聲說完話，楊百罌便果斷切斷，改撥其他人的手機號碼。

「百罌？」珊琳終於留意到不對勁。她眨眨眼，努力眨去睡意，看見褐髮女孩繃緊身體、抓著手機，像在等待和人通話，整個人宛如一道繃到極點的弓弦。

「百罌，怎麼了？發生什麼事了？」珊琳頓時驚覺有不尋常的事發生，她連忙跳下床，赤腳跑近楊百罌身邊。

在近距離下，她吃驚地發現到那張艷麗的臉蛋染上罕有的焦灼，也比平常來得蒼白。

珊琳不禁擔憂又緊張地握住楊百罌的另一隻手，深棕色的眸子仰望對方。

「……可惡！」也不知道是怎麼了，楊百罌忽地咒罵一聲，放下貼附耳邊的手機。她的臉色蒼白，美眸卻是冷厲，裡中彷若燃動著一簇火焰，「小白他們在岩蘿鄉肯定是出事了，無論是小白、柯維安、曲九江，甚至是安學長，他們的手機都打不通。一夜之間，四個人全無法聯繫……他們究竟碰上了什麼？」

「百罌……」珊琳沒想到事情居然超乎她的想像，她只能愈發用力地握著楊百罌的手，希望可以帶給對方支持的力量。

那份小小的溫暖似乎真讓楊百罌鎮靜下來。她深呼吸，低頭望進珊琳憂慮的眸子裡，她迅速調整心情，當下做了決定。

她要親自去岩蘿一趟！

狩妖士會議確實很重要，然而她的同伴現在安危不明……小白和柯維安曾幫過他們楊家，她不會坐視不管；況且，他們……也是她的朋友，曲九江更是她的弟弟。

「珊琳，我們即刻去岩蘿。」楊百罌心意已決，毫不猶豫地便要採取行動，「我們可以搭高鐵，再轉車……」

楊百罌說到一半，話聲突然戛然而止。她怔怔地看著自己的手機，想起自己壓根不曉得一刻等人是入住岩蘿鄉的哪間旅館。

岩蘿可是個觀光勝地，溫泉旅館不知凡幾。如果再加上搭車轉車的時間……她真的，來得及趕上嗎？

楊百罌發現自己不敢細思，她的面色更白，頓時像失去力氣般跌坐在椅子上。

「百罌！」珊琳慌張地大叫，不明白對方怎麼了，「百罌，要不要我去找人……」

珊琳慌得團團轉，拚命想著自己還能找誰來幫忙。小白大人和維安大人都聯絡不上了，還有萬里大哥也是……這樣的話，這樣的話……啊！

珊琳霍然煞住步伐，忙不迭地跑去找自己的手機，再飛快跑回來。

「百罌，可以找里梨，找老大！我有他們的電話！」珊琳捧高自己的手機，棕眸亮起了光芒。

里梨？老大？楊百罌瞬間拉回神智，憶起珊琳口中的「老大」不是他人，正是神使公會的會長，同時也是六尾妖狐胡十炎。

假使是他，說不定眞有辦法。

楊百罌立刻壓下驚慌，用最快的速度打給胡十炎。縱使明白這個時間打電話過去無非是擾人清夢，她也顧不了那麼多了。

對楊百罌來說，要是她心中天秤的一端是擺著原則、規矩，另一端則是擺著一刻等人……她會毫不遲疑地選擇她的朋友。

出乎楊百罌意料，胡十炎的手機很快就被人接起了。裡頭傳出的話聲依然稚氣，但清明得不可思議，一點也不像是從睡夢中剛醒過來的模樣。

楊百罌沒有思考爲什麼胡十炎在這個時間點還醒著，一等到那聲「喂？」飄出，她飛也似地開口。

「很抱歉打擾，我是楊百罌。小白他們和安學長在岩蘿那邊出事了，胡……胡十炎先生，你知道他們是去岩蘿的哪一個地方嗎？」

「先生？噗哈，我活了那麼久，還是第一次被人類小女孩稱爲先生。」那個稚氣的嗓音像被逗樂般噗哧笑起，「妳比我想像的還有意思，楊百罌，爲此我可以不計較妳半夜打擾我的過錯。」

「我不在乎你是否認爲我有過錯！」楊百罌繃緊了臉，厲聲說道，一雙美眸裡的火花更熾烈，「我只想知道他們在哪裡！」

彷彿沒想到在自己眼中年紀不過和幼兒相當的狩妖士，居然敢對著六尾妖狐發出斥喝，手機另一端安靜了數秒，再出聲時，已沒了先前的笑意。

「那麼，」胡十炎平淡卻含帶無形威嚴地說，「我的回答是，我知道他們在哪，但是我不會告訴妳。妳不須去找他們，楊百罌。而且，妳當眞認爲遠水救得了近火嗎？」

「你！」楊百罌五指猛地使勁，堅硬的手機殼磕得她指腹生疼，可是她像沒有感受到，閉了下眼再睜開。

換作是以前的自己，也會覺得遠水救不了近火，冷靜、甚至冷酷地決定不採取行動，任憑事情自然發生。

只是，她已不是以前的那個「楊百罌」了。

「就算如此，就算你認爲愚蠢……」楊百罌冷硬地說，「他們是我朋友。」

「老大，拜託你！」珊琳聽不見胡十炎的聲音，但她能從楊百罌的反應判斷出端倪。她急急忙忙地大喊，期望胡十炎能聽見。「我們想去幫小白大人……我和百罌想幫他們！」

「楊百罌，按擴音，讓那名小山精也能聽見我說話。」胡十炎命令道。

楊百罌照做了，然後整個房間裡都能聽見胡十炎童稚又無比威嚴的嗓音。

「我當然知道妳們想做什麼，難不成妳們當我是白痴嗎？在我說完前不准插嘴。我的回答是，妳們不須去找他們，他們不會有事，所以也不必操那無謂的心。」

「但是……」楊百罌的反駁被打斷。

胡十炎最後只是淡淡拋出了一句，「我用我六尾妖狐的名號作爲擔保，他們會平安無事的，不管是宮一刻、柯維安、曲九江。至於安萬里那隻老狐狸，則是讓他吃點苦頭也不爲過。」

不給楊百罌和珊琳有追問的機會，胡十炎單方面說完，便逕自結束通話。

手機裡登時只傳出「嘟嘟嘟」的盲音。

珊琳遲疑了好一會，才小心翼翼地說道：「老狐狸……不是指老大嗎？萬里大哥不是狐狸呀。」

這是句再認真不過的詢問，楊百罌卻不由得彎起唇角，眉宇間的冷厲也散去不少。她將手機還給珊琳，背貼靠著椅背，整個人因胡十炎最後說的那番話而冷靜不少。

那名大妖，神使公會的最高掌權人，向她們保證，小白他們會平安無事。對方如此有把握，想必應該清楚岩蘿鄉此刻的情況。

「百罌，現在呢？」珊琳拉拉楊百罌的袖角，瞬也不瞬地凝望著她。

「這次……」楊百罌低聲說道：「就相信六尾妖狐的保證，相信小白他們。」

「好。」珊琳乖巧地點點頭，「小白大人和維安大人都很厲害的，萬里大哥也是。還有百罌的弟弟……我可以喊九江大人嗎？」

「不用，完全沒那個必要。」楊百罌睜開半斂的眼，果斷地否決，「只不過是個曲九江，連名帶姓喊就可以了。珊琳，妳回床上繼續睡吧，吵醒妳了真抱歉。我去外面倒杯水，等等就回來。」

縱然理智告訴自己有了胡十炎的保證大可以放心，可楊百罌著實仍難以平復心裡的那絲擔憂。她怕自己枯坐著又會胡思亂想，才想要去別館的廚房倒杯水，也許再走走逛逛一會兒，設法穩定心情。

接著，楊百罌發現到珊琳眼帶冀望地瞅著自己。她想起他們這回前來參加符家舉辦的狩妖士會議，為免引起他人不必要的注目或是其他心思，加上楊青硯也覺得時機未到，因此珊琳偽裝成了普通的人類小女孩。

她藏起真正的髮色、眼色，還有那身平常穿慣的衣飾，對外使用的身分為楊家的一員，楊百罌的堂妹。

知道珊琳還是恢復原來面貌會更為自在，楊百罌微微一笑，眼神柔和，「不想睡的話，就和我一起來吧。別被人看見就好，不用再偽裝也沒關係。」

珊琳笑開了一張小臉，三兩步地赤腳跑向楊百罌，在自己身上施了一道其他人看不見的障眼法術。

當珊琳前腳邁出房門的剎那——

她的髮絲碧綠如山林，眼眸深棕如泥土；她是楊家未來的山神，也是楊家的一分子。

第二章

符家別館佔地廣大，光是樓層就有六樓那麼高，更遑論每一層樓都有著寬敞的面積，方能提供足夠數量的客房，給前來參加狩妖士會議的各家狩妖士們使用。

已經臨近凌晨三點，這時大部分狩妖士都回房了，畢竟明天還要迎接一場會議。

楊百罌所待的五樓已幾乎不見人影，陷入了安靜。

爲了客人方便，每層樓都有廚房、飯廳、客廳等公共空間，省去了上下樓奔波的麻煩。

楊百罌記得廚房就在五樓另一頭的尾端。她和珊琳穿過兩側皆掩上門板的走廊，隨著她們的前進，走廊上裝置的感應式燈光也悄然亮起，落下足夠照明，一待她們遠離，又無聲暗下。

兩人一路走來都沒遇見其他人，直到接近廚房，楊百罌才注意到裡頭燈光大亮，還有細碎聲響傳出，顯然有人待在裡面。

誰？是符家的僕役，或是其他狩妖士嗎？

楊百罌停下腳步，同時她身旁的珊琳也解除藏身的法術。

珊琳顯露身形，卻是尋常小女孩的外表。一頭碧綠長髮染成深棕，眼眸的色澤更爲加深，也不忘讓光裸的腳穿上鞋子。她和楊百罌站在一塊，兩人乍看下眞如一對相差多歲的姊妹花。

「是音樂聲……」珊琳將雙手攏在耳邊，靜心聆聽，山精的聽力比常人還要敏銳。「我好像聽過……嗯，還有爆炸聲，砰砰砰……百罌，我也覺得在家裡常聽到這些聲音呢。」

珊琳放下手，仰頭困惑地望著楊百罌，像是想要尋求對方的意見。

比起感官靈敏度天生異於常人的山精，楊百罌雖沒聽見珊琳說的那些聲音，不過她聽見了另一道人聲。

「可惡，又輸了啊！」有誰像是無比扼腕地嘟嚷。

楊百罌絕對不會錯認這聲音，她嬌艷的臉蛋瞬間板起，姣好的嘴唇也抿成代表不高興的直線。

珊琳摀著嘴，大眼睛滴溜地瞄瞄楊百罌，又瞥瞥廚房方向。既然楊百罌都聽見那聲嘟嚷了，她又怎麼可能沒發現。

「爺爺完蛋了……」珊琳小小聲地說，彷彿預想到接下來的場景，小臉不禁皺起，「那麼晚不睡覺，百罌會生氣的。」

看見楊百罌舉步往廚房門口走去，珊琳也趕緊亦步亦趨地跟著。爺爺對她很好，要是能幫忙的話，她一定會想辦法；要是不行……爺爺就要多保重了，生起氣來的百罌很可怕的……

楊百罌自然不知珊琳腦海裡轉著什麼念頭，當她一步入廚房，眼中登時掠過了一絲訝然。

廚房的餐桌前，正窩坐著兩抹身影。兩人都是手拿平板電腦、雙眼緊盯螢幕，埋頭認真地用手指在螢幕上滑來滑去的模樣。不時可以聽見微小的音樂和爆炸聲在空間中響起，似乎是在玩著什麼小遊戲。

那兩人皆玩得專心，渾然不覺門口處出現了一大一小兩名女孩子。

餐桌前的兩抹身影，一人正是楊百罌和珊琳口中的爺爺，也就是楊家前任家主，楊青硯。

眼看那名頭髮灰白的老者仍沒注意到她們的到來，珊琳本想細聲地喊，好提醒對方危機臨頭，但一接收到楊百罌的眼神，她只好在內心向楊青硯道歉。

珊琳做了個嘴巴拉上拉鍊的手勢，乖巧地退到後方。

楊百罌冷眼望著半夜三點還窩在廚房偷玩遊戲的自家祖父。她剛在外面就先聽見楊青硯的聲音了，因此對他的存在自然不會訝異，令她感到訝異的其實是——

楊百罌不動聲色地轉移目光，望向楊青硯對面的「戰友」。

那人的年紀比楊青硯年輕，不過也已步入中年。只是明明就是四、五十歲的歲數，頭髮顏色卻已偏銀灰，加上體態圓胖、唇上留著一撮小鬍子，實在很容易讓人聯想到某家知名速食店的招牌人物。

但楊百罌知道，那名中年人看似和藹親切，行事作風可是相當犀利果斷，對於堅持的事向來強硬得不會退讓。

那人不是別人，正是黑家目前的掌權者，黑家現任家主，黑石平。

楊百罌可沒想到，那位黑家家主居然會和自己的爺爺在大半夜裡一起偷玩遊戲。

楊百罌面無表情，姣好的眉梢一挑，伸手敲扣了幾下門板。

叩、叩。

響亮的聲音瞬間驚得無防備的楊青硯和黑石平一震，雙雙飛速抬頭。

要不是知道自己此刻是待在符家別館，不太可能有妖怪出沒，兩名狩妖經驗豐富的狩妖士差點就要將平板電腦當武器，反射性地擺出攻擊姿勢了。

可是等到楊青硯看清敲門的是面貌嬌豔的褐髮女孩，而且那女孩還是自家孫女時，他頓時寧願找上門來的是妖怪了。

楊青硯僵了僵臉色，心虛地將平板移往背後，設法裝作什麼事都沒發生。

「咳，嗯……」灰白髮絲的老者清清喉嚨，盡量擺出威嚴的態度，「百罌啊，這麼晚怎麼還不睡？不是都要半夜三點了嗎？」

「百罌想倒水喝，我陪她一塊來的。」珊琳從楊百罌身後探出頭，細聲細氣地說，「然後我們就看見爺爺你和另一位伯伯在玩辣椒遊戲了。」

楊青硯聞言心頭一顫，珊琳的言下之意就是她們全看見了，找理由搪塞恐怕也沒有用。

楊青硯偷偷瞥視自己的孫女，果然見對方美眸冷冰冰的。

下一秒，那名美麗的褐髮女孩一手扠在腰間，嚴厲的嗓音溢出嘴唇外，「很高興你知道現在時間很晚了，爺爺。既然如此，能否告訴我你半夜三點不睡覺，非要跑來廚房玩遊戲的理由是什麼嗎？」

「呃，我……其、其實也不算是什麼大遊戲，就只是臉書上打發時間的小遊戲。」面對氣勢比自己強的楊百罌，楊青硯裝出來的威嚴頓時全垮了下去。他乾巴巴地辯解，試圖挽救點什麼。

「那都叫遊戲沒錯。」楊百罌臉色一沉，眸光銳利，「要打發時間的話，我相信睡覺更是一項好選擇，還有益您的身體健康。」

楊百罌特意加重語氣，這表示她真的相當不悅。

「您的年紀大了，您難道以為您還是十七、八歲的年輕人，有本錢熬夜嗎？」

「那個，百罌……伯伯我先回房去，就不打擾你們祖孫倆談話啦……」黑石平也聽聞過楊百罌嚴厲又一板一眼的性子，就怕波及到自己，連忙找了個理由想退出廚房，卻沒料到本來盯住楊青硯的鋒利目光瞬時轉了過來。

楊百罌板著美艷的臉蛋，毫無笑意的模樣真的格外有魄力，尤其那目光還冷颼颼的。饒是見慣大場面的黑石平也忍不住畏縮了下，脖子後的寒毛都要排排豎起。

「伯父。」楊百罌冷冷地說，「你應該也知道我爺爺年紀大了，你怎麼還跟著他一起胡鬧？我猜是爺爺找你的，對吧？我希望不是相反過來的情況，畢竟黑家家主應該不會做出這般不經大腦的莽撞舉動。」

明明面前的褐髮女孩小得都可以當自己的女兒了，但黑石平眼下卻是大氣也不敢吭一聲。他想說的確不是他主動找楊青硯的，只是一說出來，不就暗指楊青硯做了不經大腦的舉動嗎？

先不論這樣等於當眾拆楊青硯的台，更重要的是，對方的年紀輩分可都比自己高，再怎樣都得為人留一個面子才行。

於是在承認、否認都不是的兩難情況下，黑石平只好惱怒地瞪了楊青硯一眼，用氣聲抱怨：「楊老爺子，為什麼連我也要陪著你一起被你孫女罵？」

「囉嗦，就說在你房間玩，你又不肯。」楊青硯也用氣聲回答。

「啥啥啥？我老婆在房裡睡了，吵到她，你想害我被擰耳朵嗎？你不也有房間，就說當初用你房間不就好了，偏要窩來廚房。」

「我呸！我才不想被人誤以為我們這把年紀，還在搞那什麼山的！」

年紀加起來超過一百歲的兩人你一言、我一語地針鋒相對，音量漸大，似乎忘記楊百罌還在現場的事。

珊琳卻是發現楊百罌的臉蛋冷若霜雪，她暗暗為楊青硯禱告，兩隻小手接著覆上眼睛。

果然就如珊琳所料，下一剎那——

「夠了，在晚輩面前吵吵嚷嚷像什麼樣！」楊百罌冷澈的斥喝不留情面地砸下，「爺爺、伯父，拿出符合你們身分和年紀的態度出來，別像幼稚園大班的小孩一樣！」

這下子，楊青硯和黑石平瞬間噤若寒蟬。

兩名輩分、資歷都遠遠高於楊百罌的狩妖士，這一刻就像是做錯事的孩童，只能乖乖地聽她訓斥。

知道是自己理虧，楊青硯和黑石平也不敢反駁。他們縮著脖子，只希望這幕千萬別被其他人撞見，否則就眞的太沒面子了。

然而人算往往不如天算。

楊青硯和黑石平越是這麼想，事情就越是出乎他們的期望……

「哎？這是怎麼回事？一群人擠在廚房罰站嗎？」

一個脆生生的年輕女聲冷不防地傳了進來，那聲音就像三角鐵敲擊，在夜間晃漾出清冽的迴響，格外引人注意。

「半夜罰站我是沒意見，畢竟人總是有些不爲人知的興趣喜好嘛。不過你們堵在這可擋到我了，再不移開點，我可要收擋道費了，十秒鐘一百元的唷。」

那年輕的嗓音來得是猝不及防，誰也沒有發覺到嗓音主人是在何時接近的。

珊琳的吃驚最甚，她飛快地鬆開手，扭頭朝後望去，棕色眼瞳裡倒映出一道陌生人影。

對方是什麼時候來到廚房門口的？她竟然完全沒有注意到！她是山精，就算摀著眼，耳朵也很靈敏的。可是直到那人出聲，她才發現對方的存在……

珊琳忍不住警戒地擋護在楊百罌身前，大眼微洩敵意地盯緊來人。

神出鬼沒佇立在廚房外的，是名約莫十六、七歲的少女。巴掌大的潔白臉蛋上，戴著一副細框眼鏡，小巧的嘴唇噙著盈盈笑意，又彷彿摻雜了一絲狡詐。黑色的頭髮削得薄薄的，近頰邊部分特意削得像羽毛一樣輕飄飄，額前還弄了幾絲挑染。

乍看下會以為少女是短髮，但再一細看，就會發覺到原來末端還留著一縷細長的髮絲，就像一條小尾巴。

似乎是高中生年紀的少女，在夏季的夜晚裡卻裹著一件厚厚的連帽長版外套，腳上甚至套著滾毛雪靴，整個人就像錯置了季節。可是她如同感受不到悶熱，也不覺自己身上的穿著哪裡有異。

「真可愛，在防著我嗎？嘻嘻，人家可是沒有毒的，不信妳碰碰？」厚外套少女瞧見珊琳的防備姿態，宛如被逗樂般蹲下來，笑咪咪地要把自己的手貼上珊琳的臉頰。

「妳是哪位？」楊百罌的動作更快，她迅雷不及掩耳地拉回珊琳，讓少女的手指落了一個空，同時冷淡問道。

「我？」少女像不介意般站起來，但那手沒縮回去，反倒是掌心朝上地伸向楊百罌，「問一個問題也是一百元唷。」

楊百罌冷下臉，就在她吐出冰冷的回應前，楊青硯先開口了。

「別坑我孫女的錢，相思丫頭，我怎麼不記得妳連回答問題都要收費了？」

「所以只是開開玩笑嘛。」被稱爲「相思丫頭」的厚外套少女聳聳肩，將那隻討錢架勢的手收回。她利用自己嬌小的體型鑽繞進廚房裡，自顧自地走到冰箱前，一邊打開冰箱翻找東西，一邊頭也不回地說道。

「本姑娘就算愛錢也是取之有道，要坑也是坑符家那票人，看看這別館，大得眞是令人羨慕嫉妒恨……太好了，不愧是有錢人的冰箱，吃的東西都準備得滿滿的！」

嘀咕完畢的少女又站了起來，環抱的雙手裡淨是啤酒和用來充當下酒菜的零食。她一腳勾上冰箱門，眼鏡從臉上滑下了些，那雙烏黑的眸子狐疑地瞅向全在注視著她的眾人。

「幹嘛看我？找宵夜吃不行嗎？免費的東西當然不吃白不吃，你們要的話，自己開冰箱找去，我不分人的。」

「我也沒打算跟妳這小丫頭搶，我老婆都命令我要小心三高……不對，我說妳啊，好歹也自我介紹一下。那兩位是老爺子的孫女，百罌和珊琳。」黑石平嘆氣地說。

「我知道呀，一來別館就知道，她們可有名了。」厚外套少女眨眨眼睛，隨後朝楊百罌和珊琳咧出一抹笑，「我是范相思，就是『此物最相思』的那個相思。百罌，我不會把妳半夜訓斥楊老爺子和石平伯的事給說出去的，平常要我守密可要給錢的，就當我們正式認識的見面禮吧。」

話一頓，范相思轉頭衝著楊青硯和黑石平勾起狡猾的笑意，「對了，你們推薦的辣椒遊戲挺不錯玩的，我剛玩到一百關了。」

「一……」

「一百……」

楊青硯和黑石平大驚失色，聲音登時都拔高了。

「妳玩得也太快了吧！」

「妳不是前天才玩？靠啊！我都還在六十五關耶！」

「腦袋構造不同囉。」范相思空出一隻手，用食指敲敲額角，接著笑嘻嘻地又往廚房外鑽。

經過楊百罌和珊琳身邊時，她的步伐細不可微地一頓，脆生生的嗓音又輕又細地飄出。

「會是好搭檔啊，妳們。呵呵，小朋友的發展眞令人期待，不愧是楊家的重要……」

最末兩字像融入空氣，楊百罌捕捉不到。她只覺那名厚外套少女古怪得令人捉摸不定，但看楊青硯和黑石平的態度，他們似乎彼此熟識。

「奇怪的人……」楊百罌低喃了一聲，不打算將對方放在心上。

她不知道，自己沒聽見的最後兩字，珊琳卻是聽得一清二楚。

「……不愧是楊家的重要信仰。」

珊琳壓下心中的震驚。

范相思看穿自己的身分了嗎？可是，怎麼辦到的？那名少女究竟是怎樣的人？會在這棟建築物作客，就表示范相思也是狩妖士。連黑石平都看不穿，她又怎麼會……

「珊琳？」楊百罌見珊琳像出了神，關切地問道。

「不，沒事，什麼事也沒有。」珊琳立刻回神，她搖搖頭，決定回房再和楊百罌討論，或許只是她聽錯或想太多了。

而且，雖說那名少女初現時悄無聲息，讓她下意識地警戒。可是在對方身上，她確實感覺不到惡意。

「那個叫范相思的女孩想摸妳的臉，她該不會像柯維安那樣，都是那種人吧？那種對幼童有特別愛好的……」思及厚外套少女最初的舉動，楊百罌不免蹙起眉。

假使柯維安此時在場，他一定會冤枉地哇哇叫：班代，這麼說就太過分了啦！我只是熱愛著全世界的小天使而已呀！我是紳士不是變態！

不過柯維安目前正陷入無人知曉的處境裡，因此也無從抗議。

「這點倒是不用擔心，相思丫頭是愛錢了點，倒沒聽過她對小孩子有特別的喜好。」黑石平說道：「她一定是見珊琳可愛……不是我要說，老爺子你眞教人太嫉妒了，有那麼漂亮和那麼可愛的孫女，眞想用我家兒子跟你換一個過來啊……」

「想都別想！」楊青硯瞪了打歪主意的黑石平一眼，看向珊琳時又轉爲慈祥，「珊琳別怕，范相思是性子怪了點，但品行挺不錯的，扣除掉她愛錢這點……這幾天要是再見到她，不用特意躲著她，她和百罌都是年輕一代狩妖士中的傑出人才，妳們多認識也不錯。」

「特別是她背後還沒有家門體系，總是獨自作業……唉唉，還是女孩子爭氣啊。」黑石平摸摸自己的小鬍子，再度吁聲嘆氣，「眞羨慕老爺子你有兩個乖孫女……對了，你眞的不考慮和我換嗎？我那個兒子送你眞的沒關係的，還是說讓他和百罌多認識，要是順利的話，我也能得到一個漂亮的媳……咳，還是當我什麼也沒講吧。」

看見楊青硯沉下眼、面色不善，楊百罌更是全身都像散發出冰冽的氛圍。黑石平乾笑一聲、摸摸鼻子，攜著自己的平板快步離去，以免多留下一會兒，就要捱受那對祖孫冷厲如刀的眼神。

「哼，開什麼玩笑！百罌可是我的寶貝孫女，黑石平那個混帳，還好意思提那種條件。」見黑石平離開，楊青硯拂袖哼了聲，一張臉板得硬邦邦的，「他自己拿兒子沒辦法，還想推給別人不成，當別人都傻子嗎？看我今晚用辣椒轟他個片甲不留，起碼足足要領先個十來關，讓他氣死。」

「……爺爺，你想先氣死我才甘心嗎？」楊百罌冷冷的語調凍得讓人發寒，「把平板給我，我要沒收。」

楊青硯沒想到自己不小心把眞心話都說出來了，大驚失色地想保護平板，卻在聽見楊百罌的下一句話後，只得認命交出。

楊百罌說：「除非你想讓我叫珊琳把你綁在床上好好睡覺。」

楊青硯還是想爲自己保留點臉面的。

沒收了平板電腦，楊百罌倒好溫開水，帶著珊琳準備回房。當然，她不忘順道一起盯著楊青硯，非要看他也回自己的房間，而不是繼續在別館裡四處蹓躂。

走廊上的感應式燈光在三人經過時靜靜亮起，照亮前方的暗色地毯。

珊琳蹦跳地踩在地毯上，每個步伐落下都是丁點聲響也沒有發出。緊接著她像是憶起什麼，驀地轉過身，棕色的眸子困惑地望著楊家祖孫。

「百罌、爺爺。」她問，「那個伯伯的兒子很討人厭嗎？你們好像都不喜歡他？」

「要說不喜歡嗎？」楊青硯單手背後，沉吟一聲，「倒也不是好惡的問題……」

「爺爺不是，但我是。」楊百罌冷淡開口，「我不喜歡黑令這個人。我承認他是個天才，在狩妖的天分上，他比我還有才能，靈力更是比大多數的狩妖士還要強悍。可是，我無法認同他，也無法給予他尊重。」

楊百罌說著，那張美麗的側臉在燈光照耀下卻是格外嚴厲。

「我不會尊重一個毫不在意浪費才能，連責任和義務都無法理解的傢伙。」

第三章

當楊百罌因柯維安的倏然斷訊而憂心起他那方的情況，甚至焦急地極力聯絡其他人的時候，柯維安則是正面對著悄無聲息進逼自己身邊的黑令。

不，已經不能稱那名褐金髮色的俊俏男子爲黑令了。

柯維安小心將闔起的筆電夾抱在背後，娃娃臉上還是掛著一如往常的開朗笑容，然而眼眸底處是毫不掩飾的銳利光芒。

他的眸光銳利得像要將面前人刺穿，好挖出對方的眞正身分。

柯維安不會忘記就在前一刻，筆電螢幕裡的褐髮女孩在望見欺近自己身後的人影時，是張大了眼，驚疑地問：

「柯維安，站在你身後的那個人是誰？」

身爲狩妖士，也見過、聽聞過黑令這個人的楊百罌，卻是問了那名對柯維安等人自我介紹是「黑令」的男子是誰。

對於「黑令」的身分，柯維安一開始其實是沒有懷疑的。直到花見旅館裡出現瘴異、直到他在那三名高中生身上聞到了自己絕不會錯認的那股氣味，以及知道了花見旅館在今日僅有他

們這群人入住之後。

瘴異不同於普通的瘴，即使沒有宿主，也能存於人世中。

然而柯維安並不認為那個在半夜與人通話的瘴異，會是缺乏宿主的。假使它眞沒有宿主，大可以選擇任何地方行動，而不是非得選在這幢由妖狐族打理，又有神使入住的旅館。

它不得不這麼做的理由，恐怕是——它的宿主也住在這裡！

再加上今日的住客扣掉他們自己之外，只剩下黑令、瓏月、莊千凌、紀晴兒和許明耀。

瓏月的可能性太小，那樣個性一絲不苟的女孩子，怎樣都不像會引來瘴異，所以先排除掉。如此一來，嫌疑人的範圍頓時縮小至四個人。

一旦在心裡列出了嫌疑人名單，柯維安對「黑令」也不禁生起懷疑之心。即使「黑令」說自己是西山妖狐副族長的朋友，對一刻的事也了解甚多，但是……

懷疑的事，就是要把它弄個清楚才對吧！

所以，柯維安才會編造出東西遺落房間的理由，利用這短短的獨處空檔，上網查詢相關的消息和登上skype。

然後，他就從剛好也登上線的楊百罌那，得知了驚人的情報。

——他們以為的「黑令」，根本就不是眞正的黑令。

眞正的黑令另有其人！

「黑令先生，不，堯天先生。」直視那雙終於凝止笑意的黑潭般眼眸，柯維安還是笑咪咪的，那笑看起來還透著天眞，可眼中是不相符的深沉與銳利，「你——究竟是什麼人？」

那是一句不輕不重的問話，但蘊含在裡頭的力道像支強勁的箭矢射出，刺穿了一室的靜寂氛圍。

俊美秀雅的褐金髮男子仍是沉默，不過他的眼瞳顏色霍地改變了。從瞳孔中心滲散出澄澄金色，立時將原本的漆黑吞噬。

那是雙人類不可能擁有的金黃色眼珠。

「你……」柯維安瞠大了眼，「黑令」不是人類這點，並不在他的預想之內。那雙金黃色的眼睛，看起來就和瓏月……！

柯維安頓地微抽一口氣，他想起今日下午，他們帶著黑令和瓏月到他們房間，那時曲九江確實說了——

「誰讓你們帶狐狸回來的？」

狐狸……狐狸……

「我的老天！曲九江一開始說的狐狸……該不會是指兩個人!?」柯維安忍不住失聲喊了出來，「他指的是你和瓏月，但我們都以爲他只是在說瓏月……喔！那個傢伙居然沒把話說清楚，也沒告訴我們這麼重要的事……不，等等，他會主動說才有鬼，我幹嘛做那種不理智的期望？」

猛地意識到自己的思緒逐漸偏離重點，柯維安果斷掐掉尾巴，一雙大眼睛迅速再盯住「黑令」。

對方的金色眼珠一顯現出來，之前藏得極好的妖氣也洩露一絲至房裡。

柯維安不得不承認，那僞裝簡直趨近完美，就連同爲妖狐族的瓏月都渾然不知，一心將「黑令」當成狩妖士，反倒只有曲九江發現了。

「曲九江的嗅覺也太敏銳了吧？」柯維安驚歎地彈下舌頭，「這樣小白身邊好像配備了一隻緝毒犬嘛……嗯？比喻似乎怪怪的？算了，不管了。」

柯維安聳聳肩膀，目光還是沒有離開對方臉上。他忽地向後退了幾步，一屁股坐在房裡的一張床鋪上，筆電被他改抱至身前，他重新打開了螢幕。

「我關一下skype，我想你不會介意吧？」柯維安用著一種聊天似的語氣說，手指飛快滑動，關閉視窗。

不過在黑令看不見的角度下，平滑的螢幕隱晃波紋，乍看下如同水面被輕激起漣漪，隨時都能讓柯維安用最快的速度將手探伸進去，取出裡面的武器。

「所以，堯天先生你是妖怪？」柯維安表面仍是一副從容的態度，彷彿此刻面前的金褐髮男子只是毫無危險性的尋常人。他一手擱於膝頭，有一下沒一下地敲打著，「你假冒『黑令』

這個人的身分……那麼，包括是我家小白的粉絲、是西山妖狐副族長的朋友，這些也是假的嗎？」

「我……不會在這裡回答你這些問題。」金褐髮的男子終於開口打破靜默，他的嗓音還是一樣溫和悅耳，可又透著一股執拗的堅定，「我只能向你保證，我不是你的敵人。維安同學，我相信你應該也感覺得出來，否則你就會在第一時間攻擊我了……我猜，你的筆電並不是單純裝飾用的，我說得對嗎？」

「哎呀哎呀，我很想說你說錯……」柯維安拖長了尾音，然後大大嘆口氣，隨即出人意表地俐落闔上筆電，如同要藉由這個動作彰顯自己的立場。「不過你的確說得沒錯。我懷疑你的身分，但也沒將你直接列入敵人的名單裡。對我來說，你只算是嫌疑人。這些，都是因爲小白的關係。順帶一提，我的小心肝平常是裝飾用的沒錯，傷不了人的。」

「你說，因爲宮一刻……同學？」那張俊俏的臉龐流露訝色，似乎沒想到會是這個原因。

「是啊是啊，我家小白可厲害了。要是對方有惡意、企圖，他直覺就不會與那人交好，但是他和你處得算還不錯呢。」

柯維安離開床鋪，緩步主動接近「黑令」，直至兩人之間剩下幾步的距離。

「我不會問你剛才的那些問題，只是你總要告訴我，你的目的是什麼？西山是我們老大的地盤，雖然不曉得你是不是西山的還是別支的，但老大的地盤可不能隨便讓人亂踩哪。堯天先生，還是說該稱呼你妖狐先生？」

「不，還是請喊我黑令……畢竟在這，我的身分就是黑令，讓其他人起疑心的話，想必也不太好。」金褐髮男子舉起五指，置於心口，微傾身行了一揖。他的眼瞳色澤又回復墨黑，包含那一絲妖氣也消逸無形。

假使不是先前目睹過對方身上的變異，柯維安很難相信眼前之人竟會是一名妖狐，還是名僞裝身分、冒充狩妖士的妖狐，這實在是前所未聞。

「我的目的和你們並沒有什麼不同。」繼續沿用「黑令」這個名字的男子輕聲地說，「我亦是想調查清楚這一切……想知道失蹤的三名幼狐如今落於何方，又是何人所爲。我或許對你們隱瞞了許多事，可是，我不是你們的敵人，也絕非有所圖，只希望你能相信這一點。」

「那麼，如果我說我相信，卻還是要索訂一個保障呢？你又覺得如何？」柯維安慢慢地說，笑意從他的娃娃臉上隱退，一雙眸子瞬也不瞬地直視黑令，就像是在試探對方的反應。

柯維安很清楚自己是個怎樣的人。要是換作一刻，那名白髮男孩對於相信的人，無論是不是剛認識，想必是不會再抱持著無謂的防備之心。

可是他不一樣，他會。

「要是我想給你下一個禁制作爲保障，你會覺得如何呢？」柯維安的目光依舊沒有離開黑令，就像是要觀察那張臉上的一切細微變化。

卻沒想到黑令微微一笑，毫不遲疑地伸出雙手，「就麻煩你了，維安同學。」

「……你坦然得反倒像我小心眼了。」柯維安吐出一大口氣，眸裡的審視光芒退去，取而代之的是一抹狡猾，「不過呢，這不表示我就會放棄這個機會。該做的事，當然還是得做！」

柯維安冷不防將食指湊近唇邊，接著竟是大力一咬，艷紅的血珠從傷口內被擠出，下一瞬間再被滴墜至筆電上。

黑令訝異地睜大眼睛，看見那名娃娃臉男孩搶在血珠眞的觸及筆電的前一剎那，飛速在上頭畫下了一個圓。

「環，結！」柯維安低喝，血珠頓時濺散成爲眾多更細碎的微小粒子。

與此同時，筆電驟然一亮金光，擴染上所有鮮紅色的點點。

不到眨眼工夫，紅色被覆成金黃，它們像是金沙般飛起，迅雷不及掩耳地圍繞上黑令的一隻手腕，宛如一圈金色鍊子，最後貼烙在皮膚上頭……

不明就裡的人一看，或許只會以爲那是紋身貼紙。

「完工！嗚啊……咬破手指果然有夠痛痛痛！電視上演得都太簡單了啦！」柯維安朝著受傷的手指猛吹氣，又像是要甩去疼痛地揮揮手，「總之，禁制下好了，我也相信你了。黑令先生，換我告訴你我回來房間的目的吧。除了想弄清楚你的身分以外，我主要想查的……是那三個小鬼。」

「三個小鬼……那三名高中生？」黑令並不在意手腕多了一圈金印，況且它也沒有爲自己帶來不適。他吃驚的是，柯維安原來也將莊千凌、紀晴兒、許明耀列在懷疑的範圍內，「我知道他們先前的行爲不可取，但爲何……」

「黑令先生，你聽一下這個。」柯維安改拿出自己的手機。

和筆電不一樣，雖然說手機無法對外聯繫，不過基本的功能都還能使用。

在黑令不解的注視下，柯維安快速點進音樂的檔案庫，那裡除了存有大量樂曲，還有一個資料夾是放置著錄音存下的語音檔。

柯維安點下最上頭的一個檔案，手機裡馬上傳出了清晰的聲音。

先是宛若訊號受到干擾的沙沙聲。

沙沙沙……沙沙沙……

黑令眼眸一凜，他知道這是什麼了，是稍早前的那通電話！

誰也沒有發覺到的情況下，柯維安居然趁機錄下了。

黑令望向柯維安，後者微點下頭，示意他繼續聆聽。

黑令屏氣凝神，他記得沙沙聲之後是什麼，是——

安靜得針落可聞的房間裡，猛然間爆出了多名年輕男女的喧鬧嬉笑。

「來找我們……來找我們……」

「嘻嘻……」

「來找……」

「——來蘿岩湖找我們啊！」

嬉笑聲立時轉為嘶吼砸下，像是野獸夜間放聲咆哮，撼動人們無防備的心臟。然後，後頭則是莊千凌、紀晴兒、許明耀的尖叫作結。

柯維安切斷播放，緊緊盯著黑令，「你有聽出來嗎？我那時就覺得耳熟，現在我可是很確定了。」

「那些聲音……那些笑聲、說話聲，還有那句咆哮……」黑令喃喃地說，神情愕然，他也聽出來了。如果說當時無暇細聽，那麼剛剛的重播，足以讓他注意到原本未注意到的，「我不明白，那三名高中生難道……」

「我可以很篤定地告訴你，他們三個，不管是莊千凌還是……該死的！」柯維安驀地臉色大變，他想起眼下就只剩瓏月在那三名少年少女身旁。萬一他們忽然自己跑了，瓏月第一個反應恐怕也不會是追著他們而去。

畢竟說起來，他們和她一點關係也沒有，根本用不著特別在意他們的動向。

「我路上有機會再向你說明，黑令先生，我們得立刻下去！」柯維安將筆電扔進背包裡，急急跳了起來，「反正那三個小鬼是關鍵，絕對得看住他們！快走，我們不小心耗太多時間了！」

縱使還來不及了解全部事態，可是單憑剛剛的那則錄音檔，黑令也已明白事情的嚴重性。他點點頭，二話不說地一塊和柯維安奔下樓。

幸好柯維安擔心的事並沒有發生，就在他和黑令一前一後跑下一樓樓梯，隔著透明的玻璃大門，便能望見外頭正佇立著四抹人影。

是瓏月、莊千凌、紀晴兒和許明耀。

或許是遲遲未等到柯維安和黑令下來，他們才移步至旅館外等候。

「還好……」柯維安不禁鬆口氣，三兩步跳下最後幾階樓梯，朝門外四人迎了上去。

在自動門「唰」地開啓前，雙手撐按著什麼的紅髮少女最先注意到柯維安和黑令的出現，眉宇間暗藏的一股憂心頓時退去。

「維安先生、黑令先生。」望著快步跑出的兩人，瓏月正想詢問忘記的物品是否已經找到，又是否碰上了什麼危險，另一道聲音已搶先不滿地衝著那兩人發出。

「搞屁啦！你們在搞什麼啊？」許明耀雙手抱胸，惱火地瞪著柯維安和黑令，心中是大把的不耐煩與怒氣。要不是那個紅頭髮的堅持要等，他早就不爽先走人了，哪還有必要再回到這棟鬼旅館外面？「你們找得也太久了吧？是找到十八層地獄裡去了嗎？」

「許明耀，你閉嘴！又不是堯天的錯！」莊千凌不客氣地用手肘撞了一下對方，打斷他接下來預計的長篇抱怨。

無視那名染著枯草色頭髮的少年又暴躁地爆出成串咒罵，莊千凌立刻小跑步至黑令面前，一把挽住了黑令的手臂。

「堯天，你一定很努力地想幫他找東西吧？其實你也可以帶我一起幫忙的。」

「還有我，我也可以啊。」紀晴兒不願示弱地也擠了上去，想仿效朋友抱住黑令的另一隻手，「那棟鬧鬼的旅館很可怕，不過我知道堯天一定會保護好我們。說來說去都是忘了東西的人不好，才會浪費我們所有人的時間。」

「能幫上維安同學的忙……我覺得不是浪費時間。但，還是很抱歉讓各位等那麼久。」黑令歉意地一笑，同時不著痕跡地掙開莊千凌的攬抱。他後退一步，也使得紀晴兒的意圖落空。

那閃避的意味令莊千凌和紀晴兒不禁惱怒，她們想起之前那名年紀比她們大上一些的鬈髮女孩子，金褐髮男子對她的態度就是大不相同。

這不公平……莊千凌和紀晴兒不放棄地想再靠近黑令，然而一道凜冽光芒倏然一閃晃，使得她們受驚地煞住腳步，瞠大的眸子裡映出瓏月的身影，和她手持在握的青碧長棍。

「我相信我說過了，請勿將妳們的方便建構在他人的困擾上。」彷如青色玉石的長棍橫阻在黑令與莊千凌她們之間，瓏月平淡地說，俊秀端整的臉龐像戴著面具，看不出起伏，但語氣卻自有一種嚴厲。

「如果眞覺浪費時間，你們大可以直接離開，我也未曾攔阻你們。另外，花見旅館不會有鬼，這點是無庸置疑的。」

「你、你……」莊千淩像是沒想到會被人當著面、不留情地給予難堪。她又氣又怒，可也不敢眞的毫無顧忌地轉身獨自離開。她怎麼可能敢？在發生了那些一件比一件還要詭異的事情之後……

莊千淩猛地握緊拳頭，從難堪轉換成的氣憤壓堵在心頭，讓她只想找個缺口使勁發洩。她抿直了嘴唇，最後惡狠狠地怒瞪柯維安，像巴不得能在那張娃娃臉上鑿穿一個洞。

「算了，千淩，我們別跟那種人計較！」紀晴兒嘴巴上忿忿不平地說，實際上也是畏於瓏月的凜冽氣勢，尤其對方手裡還握著武器。

紀晴兒拉著莊千淩退到許明耀身旁，耳邊卻接著聽見許明耀像是奚落的碎唸：

「就說那些傢伙大有古怪，那個紅毛的半路也不知去哪撿來那根棍子……妳們偏偏連這時候還要發花痴，活該妳們踢到鐵板……」

「許明耀！」紀晴兒臉色青白交錯，心頭火不受控制地就要噴冒。正當她想斥罵出「你不說話，沒人當你是啞巴」時，莊千淩卻已更快做出了反應。

莊千凌鐵青著一張俏臉，直接抬腳踢踹上許明耀的小腿。

那一下的勁道顯然一點也不輕，頓時瞧見那名綠髮少年扭曲五官，一時痛得在原地拚命跳腳。

這突來的發展似乎也嚇了紀晴兒一跳，她遲疑地望向莊千凌，後者眼神陰暗混濁，讓她不敢再多言，下意識閉上嘴。

無端捱受一腳的許明耀本來想罵罵咧咧地反擊，然而一對上莊千凌的眼，他不禁也將話吞了回去。他說不上具體原因，可是對方的眼神讓他覺得很可怕。

柯維安不是沒留意到三名高中生的爭執，他若有所思地瞇著眼，眼中滑過了只有他自己才明白的深沉心思。

下一秒，柯維安忽地拍下雙手，吸引了眾人的注意力。見到莊千凌他們也反射性看來，他露出無害又真誠的笑容。

「總而言之，」這名娃娃臉男孩環視一圈，最後視線落在瓏月身上，「我們先到山裡去吧，要是能順路撿到那隻狐狸眼的，自然最好。瓏月，就拜託妳負責走在前頭領路了，我和黑令殿後。至於另外三位小朋友，就請你們走在中間了。」

「小你……」許明耀想也不想地欲再逞口舌之快，但總算記得他們三人一路還得依靠對方，尤其那個國中生的，看起來年紀最小，另外兩個傢伙卻似乎都會聽他的話。思及此，他來到嘴邊的句子立即硬生生轉個彎，「你說走？問題是現在山裡一片烏漆墨黑的，你是要我們摸黑走路嗎？萬一出事你擔得起嗎？」

柯維安剛要張口，卻有人先行一步說話了。

「這事自是不用擔心。」瓏月的語調堅定有力，透露出她彷彿早有應對方案。

柯維安一愣，連忙回頭望向瓏月，他心裡第一個想到的是狐火。對於妖狐來說，操縱狐火是再容易不過的事，那些或金或紅的火焰，的確很適合充當夜間照明。

可是、可是……瓏月難道打算讓那三名高中生知道她自己的身分不是人類嗎？

「等一下，瓏月！」柯維安忙不迭地想要勸阻，這不在他的計畫內，他不想在這就先引發騷動。

但出人意料，瓏月並不是如柯維安所想，要自曝非人的身分。

那名英氣凜然的紅髮少女只是從大衣口袋拿出了一支智慧型手機，白皙的指頭在螢幕上滑動幾下，緊接著一束熾亮白光便從手機鏡頭旁射出。

「我前陣子從商城下載了強力手電筒的程式，這時候正派上用場。」瓏月嚴肅地說，隨後望向柯維安，「維安先生，你方才是要說什麼嗎？」

「說……」你們妖狐族還真是先進啊。柯維安嚥下到嘴邊的感嘆，撓撓頭髮，打哈哈地帶過，「咳，沒事，真的沒什麼。我都忘記手機有這功能了，幸好瓏月妳提醒了我們。那個，有手機的就都拿出來吧。」

在瓏月的帶頭示範下，身上帶有手機的其他人也拿了出來，作爲照明設備。有了多束白光照耀，黑漆漆的山林間看起來似乎也沒那麼嚇人了。

「山路不比平地，還請大家多加小心；另外也請盡量加大步伐，配合我的速度，以縮短時間。」瓏月冷靜地發號施令，她對眾人做了個列隊跟隨自己的手勢，「爲了能盡快找到他人，我們將先前往我族的靜修之地，我希望能在半小時內到達。」

等等，半小時……？

柯維安的笑臉瞬間僵住，他向來就不是體力派的，有的只是短程的爆發力。十分鐘以內那沒問題，二十分鐘他大概還可以勉強撐下去。

半小時……還是必須配合瓏月速度的半小時……

天哪，乾脆誰來揹他算了啊！

深夜的岩蘿鄉山區和白日相較起來，簡直就像另一處截然不同的世界。

少了日光的照耀，那些蔥綠蒼翠的枝葉，如今看起來有如一團又一團的黑暗堆疊。特別是林間底處，彷彿有著不知名的怪物躲踞其中，正張大著嘴，準備將無警覺心而自投羅網的人一口吞下。

今夜的岩蘿鄉格外靜寂，沒了以往的車聲、蟲鳴、鳥啼、狗吠。

這份安靜也蔓延到山林中，幾乎造成了死氣沉沉的錯覺。

突地，一束亮白強光像刀般割開林中一角的幽暗，伴隨而來的還有或輕或重的腳步聲。

有誰正沿著山路往深處邁進。

瓏月走在最前頭領路，在後方誰也看不見的情況下，她的眼珠轉成金澄色澤，瞳孔也拉成尖細。

黑夜並不妨礙妖狐族的視力，再加上手機光芒的照明，瓏月看得更清楚，那些平日出沒在林中的夜間生物都沒了蹤跡。

一切如此不對勁。

瓏月仰頭凝望遠方，她不確定其餘族人是否安好，又或者……也都消失了？

不，他們不可能會出事。山裡可是還有副族長，還有左柚大人在！

一想到地位、力量僅次於胡十炎的四尾妖狐，瓏月心中不禁變得踏實了些。她無聲地吐出一口氣，眼底有著堅定的色彩。她相信只要找到了副族長，所有問題都能迎刃而解。

這也就是為什麼她要先帶領眾人前往靜修之地，而不是妖狐部落的原因。在淨齋期的這段時間內，西山妖狐的副族長都會待在那裡，不會輕易離開。

瓏月的計畫自然也告知過黑令和柯維安，兩人皆沒有反對。

事實上，柯維安此時也沒有多餘氣力思考其他問題。他向來靈活的腦袋瓜子眼下碰到了更大的難關，那就是如何咬牙克服這段艱辛又漫長的山路，還得同時想辦法跟上瓏月的速度。

「我的老天……」柯維安粗重地喘了一口氣，他不知道他們這一路走了多久，但往前望去，埋藏在幽暗中的彎曲小路似乎長得不見盡頭。他千算萬算，偏偏就是漏算了到達靜修之地需要花上多少時間。

「……眞是救命。」柯維安乾巴巴地又擠出一句呻吟，他的背後還揹著專門裝筆電的包包，他覺得自己的雙腳開始變得沉重，甚至微微有點打顫了。然而平常能讓他盡情依賴的白髮男孩，現在卻不在他的身邊。

嗚啊啊，要是他家小白在的話，雖然嘴巴會不饒人地刻薄幾句，可是一定會嘴硬心軟地扶他一把，不讓他有掉隊的可能。

只是放眼望去，隊伍最前端是瓏月——就算外表再怎麼英氣威凜，那可都是一位貨眞價實的女孩子，柯維安自認臉皮再厚，也絕對提不出要女性拉他一把的要求。

至於隊伍中段的三名高中生，柯維安最初就沒考慮過他們。而且隨著他們離山下燈火越遠，莊千凌等人的行爲似乎也越透怪異。

三名少年少女走得氣喘吁吁，不再像在山下時吵吵嚷嚷。他們緊緊閉著嘴，臉上表情從不耐煩轉爲煩躁，然後那份煩躁越是加深。偶爾他們當中有誰開了口，口氣卻是暴烈得像吃了炸

藥，隨時可能一觸即發。

他們是怎麼了？爲什麼情緒會突然有這麼大的轉變？

柯維安不知不覺忘了雙腳的疲累，一雙眼直勾勾盯視著莊千凌等人不放，以至於大意忽視山路上的突起石塊，頓地一個踉蹌，險些要往前撲跌。

「小心！」在柯維安後方的黑令及時眼明手快地抓住那個大包包，將人一把拉回，避免了娃娃臉男孩的跌倒危機，「維安同學，你還好嗎？」

黑令是隊伍中負責殿後的人，因此他也將柯維安的狀況納入眼裡。他看得出來，那名小個子男孩走得有些上氣不接下氣了。

「你的體力……是不是不太好？」黑令委婉地問道。

「哈哈哈，你大可以直接說很差……」柯維安抹了把額上的汗珠，喘著氣笑，卻也沒有要黑令幫忙的意思。萬一他請黑令幫忙了，莊千凌和紀晴兒也吵著自己走不動，局面又會陷入不必要的混亂。「我還可以應付的，我猜我行的……要是前面現在放了一名可愛小蘿莉的話，我一定馬上就能健步如飛地衝上前。」

乍聞此言，黑令沉默了一會兒，他不著痕跡地往後微拉開距離，然後謹慎地開口：「……維安同學，你應該和誘拐我族三名幼狐的事件無關，對吧？」

「咳噗！」柯維安差點嗆岔了氣，連忙辯解道：「當然無關，我眞的是清清白白，還是白得不能再白的那種！我剛那是隨口說說……呃，是說不知道靜修之地還有多遠？這路藏得眞隱密，要不是有瓏月帶路，實在不容易發現這裡原來也能走呢。」

柯維安急急帶開話題，被人誤解爲綁架犯這種事，一次就很夠了，他可不想再來一次。同時，他也暗中記下黑令無意中透露的線索。

我族……那名金褐髮男子原來也是西山妖狐。

「是的，這裡的確很隱密。」黑令似乎接受了柯維安的說詞，他輕聲應和，最末幾字則是低得融入空氣中，「不過……也快到了。」

即使是走在前方的柯維安，也沒有捕捉到黑令的低語，更不用說察覺對方臉上的凝重表情。

隨著柯維安再度安靜下來，這條隱密的山路上登時又只剩下呼吸聲，還有踏落在厚厚草葉上的沙沙腳步聲。

沙沙沙……沙沙沙……

這些細碎的聲音鑽入莊千凌耳內，就像經過了數倍放大，吵得她頭痛。就算想當作不存在，聲音卻執拗地留了下來，不肯離開。

沙沙沙……沙沙沙……

嘩啦！

救命……

莊千凌身子猛地一震，腳步也停住。她驚慌地東張西望，但什麼也沒有再聽見，恍如先前的水聲和呼救聲只是幻覺一場。

「千凌，怎麼了嗎？」紀晴兒是和莊千凌手牽手一起走的，因此後者一停步，前頭的她馬上發現到。

「聲……聲音！」莊千凌緊張地喊，心臟跳得猛烈。她覺得那聲音莫名熟悉，像是曾在哪裡聽過，卻一時想不起來，「你們有聽見嗎？有、有誰在說話！」

眾人聞言一愣，不約而同地屏息聆聽。

幽黑的山林間，環繞的只有死一般的寂靜。

「什麼啊？根本就沒聲音！莊千凌，妳不要忽然裝神弄鬼嚇人行不行？」半晌都沒發現異樣，許明耀忍不住惱怒地罵道，字字句句都是掩不住的火氣，「幹！是想嚇死誰？」

「誰裝神弄鬼了！」像是沒想到向來只有聽自己命令份的許明耀會給她難堪，莊千凌臉色青白交錯，音量霎時霍然加大，「我只是把我聽見的說出來而已。怎樣？這樣也有錯嗎？難道你就敢否認這地方有鬼？你不會忘記那時候的電話了吧？來找我們、來找我們、來——」

「不要！」紀晴兒尖叫出聲，她雙手摀住耳朵，大大的眼裡淨是不言而喻的驚恐，「不要再說了！我死都不要去蘿岩湖，那裡好冷……那裡好冷！」

紀晴兒近乎歇斯底里地大喊出最後幾字，然而一喊完，她的眸子也驚駭地瞠大至極限，彷彿沒辦法反應過來自己怎麼會說出那樣的話。

蘿岩湖很冷？不對，她根本就沒去過那個地方啊！紀晴兒俏臉煞白，驚懼地望著自己的朋友。

莊千凌和許明耀也用同樣的眼神瞪著她。

登時，他們三人竟是誰也說不出話，也不敢說出話。

黑令神情一凜，憶起柯維安曾提過的「他們三人是關鍵人物」。

理應沒有去過蘿岩湖的少女，究竟為什麼會……

瓏月化為漆黑的眼瞳裡亦浮現出警戒。就算她先前還無所覺，可是現在她也看出那三名少年少女處處透露出不對勁，他們的身上藏有某種祕密。

握在青石棍上的手指暗暗收緊，但在瓏月欲吐出任何質問前，一道聲音冷不防地打破這份詭譎靜默。

叮鈴！

清冽的鈴鐺聲清晰傳進眾人耳裡。

「什……什麼！」神經繃到極限的紀晴兒有如驚弓之鳥般跳起，雙手用力抓緊莊千凌的手臂。

莊千凌則像是沒有感覺到皮膚上傳來的刺痛，怔怔地望著某個方向，所有注意力都被映入眼中的景象攫住了。

就在許明耀不自覺用手機胡亂照射的斜前方，有棵需要兩人才有辦法完全環抱住的大樹，樹幹上環繫著一圈白繩，白繩上還垂掛著多枚小巧的銀色鈴鐺；剛剛的叮鈴聲顯然就是來自於其中一枚。

「那、那是什麼鬼？」許明耀也察覺到了，急急再將手機舉高，好使得亮白的燈光投照得更遠。

這一照，他不禁爆出更大驚叫：「靠靠靠！不會是什麼邪教儀式吧？喂，別開玩笑了！」

在強力燈光照耀下，不光是莊千凌他們看見了，柯維安也看見了。

不是只有一棵樹木上有著這樣的裝飾。

彷彿以那作爲起點，往後延伸的樹木上皆是圈繞著白繩，繩上掛有多枚鈴鐺。

此刻鈴鐺全是靜止的，不再有叮鈴聲飄出。

只是這異常的沉靜，反倒激起了許明耀的驚疑和不安。

「我們走……我們趕緊離開這個鬼地方！」染著枯草色頭髮的少年慌亂地往後退了一、兩步，不想再多逗留此地，「快點……」

「住口！」截斷許明耀叫喊的是瓏月的厲喝。那名紅髮少女眸光似刃，手中青石棍瞬時揚起，梢端微閃冰冽冷光，「再有一句不敬之語，當心我削了你的舌頭。此處再往前，就是我族的靜修之地，非是你們能夠放肆的地方。」

「族？什麼族的……」紀晴兒惶惶地望著瓏月，又望向那些綁著白繩和鈴鐺的古怪樹木，「你到底……」

瓏月無視紀晴兒的問題，她忽地抬頭，朝夜空吹出一聲尖銳的口哨。

那哨音在山林中迴盪一會兒後，才歸爲靜止。

瓏月沒有等到預期中的回音，微露訝然，數秒後又再次吹出一聲口哨。

然而回應她的依舊是靜默。

那份靜默就像條渾身透涼的蛇爬上瓏月背脊，凍得她皮膚也開始一寸寸發冷。

或許別人無法理解她吹口哨的意義是什麼，沒有另一聲的哨音回應又代表著什麼，可是瓏月比誰都明白，她是副族長的近衛，和其他近衛同伴就是以這方式作爲聯絡，傳遞彼此捎帶的訊息。

副族長在淨齋期會一直待在靜修之地，族裡凡是有大小事要稟報，就得先由固守在此外圈的近衛們傳達。

副族長不可能離開，近衛也不可能擅離崗位……但現在的空寂無聲，豈不是說明了……

「不……」瓏月握著青石棍的五指微鬆，一個含糊的音節從她唇中溢出，總是像戴著嚴肅面具的臉孔破天荒地洩露出茫然。

一路以來，瓏月都是抱持著他們一定會見到副族長、見到那名四尾妖狐，然後事情便會迎刃而解的想法。

但是當這想法受到了撼動，當目的地空無一人，瓏月一時竟不知該怎麼辦才好。

「現、現在是怎樣？你沒事幹嘛要吹口哨？」莊千凌抱著雙臂，壓抑不住害怕和懷疑地急促嚷道：「你是想引什麼東西過來嗎？你……你該不會是不安好心吧！」

縱使認清這三名少年少女就是口無遮攔，也不覺自己所做一切有錯，柯維安聽了還是忍不住沉下臉。只不過在他說話前，一隻手臂已先行橫出。

「瓏月只是想和自己的同伴聯絡。」黑令站出一步，柔和的聲音卻莫名散發著嚴肅，「雖然看情況，其他人也消失了……不，也許正如我猜測，消失的是我們。」

「喂！你在胡說八道個什麼勁！」許明耀聽不懂那些話，但他就是不想再聽下去了，什麼消失不消失的。他躁怒地大力揮手，「不要以爲隨便唬爛我們就會信！你當我們是……」

「顯然唯獨我們被困在一個結界裡。而在我們眼中，這結界看起來就是空無一人的岩蘿鄉。」黑令無視許明耀，繼續說下去。他的嗓音沒有特意拔高，卻彷彿有種魔力，輕而易舉地蓋過許明耀的罵罵咧咧。

誰也沒有在意那名綠髮少年急怒地又罵了什麼，眾人全都被黑令的說話聲吸引了。

「要破結界，就必須知道陣眼在哪裡……不過在此之前，我更在意的是另一件事。方才鈴鐺響了，對不對？」黑令問道，目光不是望向白繩上的多枚鈴鐺，而是盯住莊千凌、紀晴兒、許明耀三人。

「響、響了又……」紀晴兒囁嚅地說。要是在之前，被崇拜的模特兒注視，她一定會開心得不得了。可是現在，她卻無端想要閃躲那道視線，她看出莊千凌也和她有相同的念頭。

在紀晴兒自己都想不明白的時候，她聽見那道悅耳溫和的嗓音說了：

「何爲靜修之地？便是爲了沉靜身心，屏除污穢之物的接近。爲了避免有不淨妨礙，才會在樹上圈起白繩、繫上鈴鐺。除了用來提醒他人不可再深入前方，最重要、但也鮮爲人知的原因是……」

「警告。」

兩道聲音幾乎是同時疊合在一起。

另一位開口的人是瓏月。她怔然地吐出那兩字後，一雙眼眸驚異地看向那名金褐髮男子。她知道黑令是副族長的友人，然而像這般僅有近衛和專者才知曉的事……副族長眞有可能洩露給一名人類狩妖士嗎？

瓏月的心思在刹那間千轉百繞，但未等她理出一點頭緒之前，異變——驟生！

第四章

是聲音。

原本靜得死氣沉沉的偌大山林裡，瞬間出現了聲音。

叮鈴！

先是一枚鈴鐺無風自晃，那聲音簡潔清冽，然後就像驚動了同一圈白繩上的其餘鈴鐺。

叮鈴叮鈴……叮鈴叮鈴……

離莊千凌等人最近的那棵大樹上，白繩上的鈴鐺竟響了一圈才停。

當最後一枚鈴鐺靜止，莊千凌他們的心臟都差點要跳出來了。

「幹……幹！一定是風，肯定是風！」許明耀結結巴巴地大罵，卻沒想到他最後一個話音剛落下，前一刻靜止的鈴鐺聲竟是霍然再響起。

這一次不再是僅有一棵大樹上的鈴鐺作響，彷彿有一陣無人感受得到的大風吹過，無數鈴鐺猛然一塊響動。

清冽的聲音匯聚起來，竟似浪潮洶湧。

叮鈴叮鈴！叮鈴叮鈴……叮鈴叮鈴！

叮鈴叮鈴——

一波波聲音此起彼落地擴散，一路蔓延至幽黑的樹林深處。

恍惚間，宛如整座空寂山頭都要被這些聲音撼動了。

柯維安震驚地望著那些眼所能見的鈴鐺，它們像發了瘋般地晃振。他從來沒想過，原來鈴鐺聲也能如此驚人浩大。

可緊接著，他的思緒突地被撩動，想起了黑令和瓏月最後說的那兩個字。

警告。

警告什麼？柯維安腦袋轉得飛快。靜修之地是為了沉靜身心，避免不淨妨礙，也就是說要警告……

電光石火間，一個答案跳出柯維安腦海，他立即轉頭望向莊千凌等三人。

三名少年少女臉色蒼白如紙，滿臉驚恐，就像那陣陣不停的鈴鐺聲給了他們排山倒海般的壓力。

叮鈴！叮鈴鈴！

「不要……」

「不要不要……」

「不要啊！」

分不出是少年還是少女的尖叫拔得淒厲。

三人踉蹌著往後急退，他們退得太倉促，又是一群人擠在一起，以至於下一秒一同跌絆在地。但他們像未曾感受到疼痛，就連注重儀容的莊千凌和紀晴兒也不在乎雙手沾上的泥土和衣褲上的髒污。

他們三人連滾帶爬地站起，想也不想便打算往下山的方向直衝。

跑跑跑！離這地方遠遠的……離那些讓他們不舒服的鬼鈴鐺遠遠的！

「不能讓他們跑了！瓏月、黑令，圍住他們！」柯維安使出力氣大喝，不顧自己雙腿早因先前的跋涉疲軟，他還是奮力地往前奔，手上也沒有閒著。

柯維安快速扯下背後包包，從裡面抓出筆電。不同於一般3C產品的黑色筆電一打開後，螢幕直接進入主畫面。

白冽的冷光散射出來，替這塊幽黑之地再添一絲光亮。

柯維安靜心凝神，額前剎那間浮閃出金紋，不到眨眼工夫，就組成肖似第三隻眼的圖案，隨即竟是伸手直往螢幕裡探去。

那是普通人做不到的事，可他做到了。

該是堅硬的筆電螢幕就像是柔軟的水面，隨著半截手臂的沒入漾出圈圈漣漪。

當柯維安飛也似地從螢幕裡抽出一支巨大毛筆，他同時也煞住腳步，成功攔堵在莊千凌等人前方。

另外兩側，則是同樣快速趕至的黑令與瓏月。

他們三人剛好呈三角，將三名少年少女包夾在中央。

即使心中對黑令的身分隱約存有懷疑，瓏月還是對柯維安的要求做出反射性動作。

她是近衛，比誰都還明白鈴鐺聲響的意義。

那是警告……警告有不淨之物接近！

青石棍在掌心間迅速翻轉，瓏月握緊把端，青碧的棍身像是一桿長槍，氣勢萬鈞地擊掃出去。

那力道抓得精準，不僅扼阻了三人前進，梢端更是不偏不倚地正對他們的臉面，逼得他們不成調地驚懼抽氣，雙眼瞠得極大。

瓏月懷疑黑令，可她不會看不出讓鈴鐺劇烈反應的源頭，正是那三名高中生！

而他們狼狽逃竄的模樣，也成了最有利的證據。

不淨之物，指的赫然是莊千凌、紀晴兒和許明耀。

瓏月眼瞳冰冷，不掩飾一身凌厲之氣，青石棍依然直指莊千凌等人，沒有一絲晃動。

那迸閃冷光的長棍讓莊千凌怎樣也不敢試探地邁出一步，只要對方再進逼分毫，就會擊撞上她的臉。

讓人心煩且莫名畏懼的鈴鐺聲還在持續，一波又一波，簡直像永遠不會停下。

莊千凌大口喘氣，呼吸沉重。她想摀耳大叫，讓一切都停止下來，可是面前紅髮少年的森冷眼神讓她知道，對方隨時都可能真的下重手。

恐懼混著無法控制的冷汗淌落背脊，而下一秒，莊千凌的恐懼變成了更進一步的駭然。

「咿……咿！」她擠出破碎的呻吟，聽見身旁的紀晴兒和許明耀也是類似反應，那表示不是她一個人眼花看錯，她是真的……

莊千凌張著嘴，脖子像被看不見的手掐住不放，讓她無法順利吐出驚恐。

在她大瞠的眼眸裡，再清楚不過地倒映出前方景象，包括紅髮少年那明顯的異變。

紅髮少年瞳孔縮得窄細，像針尖一般，眼珠顏色由黑染金。

那雙金黃色澤的眼，乍看下如同夜間的獸瞳，閃動危險光芒，緊緊盯住看上的獵物。

不止如此，在那頭暗紅髮絲兩側，還浮冒出兩隻絕非人類會有的三角狀獸耳，顏色同樣是暗紅色的。

莊千凌他們再怎麼不信邪，這種情況下，也不會將之誤認爲是在變魔術。

不對，那是真的！

「妖妖妖妖……」許明耀哆嗦地喊，然後拔成慘叫，「妖怪啊！」

巨大的驚恐讓許明耀慌不擇路地就想往另一頭闖，然而他一轉頭，撞入眼中的情景讓他的慘叫聲像被掐掉了後半段，頓時戛然而止。

許明耀原先想硬闖的那一方，佇立著高挑俊雅的人影。

男子有著柔順的金褐色頭髮，五官搶眼出眾。

但男人再帥，看在許明耀眼裡都只覺面目可憎。只不過此刻，那名叫「堯天」的男子則是讓他感到了驚惶。

男子手中握著一柄不知從哪變出來的利器，像刀又像劍，長柄深黑，尖端滲散出絲絲寒氣。

許明耀吞吞口水，聽見對方用著悅耳的聲音，宣判出冷酷的命令：

「此路，不能通。」

許明耀平時再怎麼喜歡逞威風，也不會眞有膽子和一柄眞刀（或眞劍）硬槓上。他僵著身體，慢慢轉向第三個方向。他心裡本還有微小的奢望，奢望那個鳥巢頭的國中生可以被他輕易地突破。

可當許明耀瞧清楚了，他即刻明白正對著那名國中生的紀晴兒爲何沒有逃跑的動作。

「騙人的吧……還是，我在作夢？」許明耀只能呆然地說出這句話。

紀晴兒聽見了，她也想自問是不是在作夢，否則她怎會看見那些非現實的景象。

紅髮少年的眼珠變金，頭上多出了兩隻野獸一樣的耳朵；至於她正前方的娃娃臉男孩，一手夾著筆電，另一手持握著一支和他差不多高的毛筆。

她從沒有見過那麼大的毛筆，而且那毛筆的筆尖還蘸滿奇異的金艷墨彩，璀璨流轉。該是吸引目光的金色，看在紀晴兒眼裡，卻只覺反射性抗拒，巴不得不要再靠近一步。

「你們……到、到底是什麼人？」莊千凌蒼白著臉，無意識往後一退再退，直到背部和另外兩人抵撞在一起。她驚恐環視四周，不懂他們怎會陷入這局面。

這太荒謬了……這太荒謬了不是嗎！

「你們真的……是人嗎……」莊千凌想要絞緊嗓子尖叫出聲，可落入空氣中的只有結巴不流暢的聲音。她緊緊抓握住紀晴兒和許明耀的手，感覺到他們的手和自己一樣都在發冷，冷得和冰塊差不多。

「我們是誰？這句話，恐怕是在下要問你們的。」瓏月冷澈開口，金色的眼眸像兩簇燃燒的火焰，「鈴鐺，是針對你們而響。」

「所以說那又怎樣啊！」許明耀彷彿承受不住壓力，猛然聲嘶力竭地大喊，「我們哪可能知道鈴鐺為什麼會響？它們吵死了……它們吵死了！」

「我們不就是我們嗎？」紀晴兒無比慌張地嚷，害怕地東張西望，深怕任何一方的人拉近距離。她紅了眼眶，聲音裡有掩不住的哽咽，「我們是紀晴兒、莊千凌、許明耀……你們是什麼？你們才是什麼東西！」

「被人直稱『東西』的經驗不是沒有，不過那通常是瘴異指著我們鼻子大罵。抱歉，離題遠了。在爭論我們彼此是什麼之前，我想先請你們聽聽這個。」柯維安露出笑容，但那不若以往般開朗無害，而是更深沉的銳利。他將毛筆改用手臂夾著，空出一隻手摸索自己的手機。

「黑令，不好意思，麻煩你幫我播放一下了，我要拿的東西實在有點多。找那個錄音檔就好，裡面也只有那個檔案。」

黑令一手俐落接過柯維安拋來的手機，他知道對方指的是什麼。

除了莊千凌等人，瓏月也困惑著，不明白柯維安說的錄音檔是何物。她看著黑令靈活地點按那支手機，接著黑令向他們輕點了下頭。

聲音出現了。

異於那陣鈴鐺鳴響的沙沙聲清晰地傳進眾人耳中。

起初，莊千凌他們還沒意會到那些沙沙聲代表著什麼，然而當一句細弱的沙啞聲音溢出，他們瞬間僵住了背脊，身子彷若被凝固。

「找……莊千凌、紀晴兒、許明耀。」

瓏月眼中閃過訝異與恍然大悟，那是在旅館房間時造成一切異變起始的詭異電話。

那名娃娃臉男孩居然趁隙錄下來了！

在場所有人都知道接下來會發生什麼事，但是當那陣陣嬉笑聲流瀉而出，他們仍是不自覺地綳緊了神經。

「來找我們……來找我們……」

「嘻嘻……」

「來找……」

鈴鐺齊響的深幽山林間，那些年輕的笑聲話語反而令人倍感詭異，同時也讓人不禁覺得……彷彿有絲似曾相識。

莊千淩、紀晴兒和許明耀張大眼睛，臉上的表情從疑懼逐漸轉爲驚駭，心臟更是越跳越快、越跳越快。隨著最後一句咆哮砸落，他們的臉不敢置信地扭曲了。

「——來蘿岩湖找我們啊！」

那是他們的聲音……

不管是那些說話聲、笑聲、咆哮聲，都是他們三人自己的聲音！

「不可能、不可能……不可能！」當咆哮霍然砸落，莊千淩再也忍不住地摀耳尖叫了，「這根本就不可能！」

「一定是哪裡出問題！」紀晴兒猛烈搖著頭，她身旁的許明耀更是臉色青白，恐懼地直打顫，像是難以接受這事實。

電話裡的聲音是屬於他們的……他們爲什麼要叫自己去找自己？他們明明沒去過蘿岩湖！

「堯天，那電話是假造的！一定是那個國中生故意假造的！」紀晴兒歇斯底里地指著柯維安尖喊，「你要相信我們！」

「我爲何，要相信你們？」黑令將手機拋還給柯維安，他的語氣還是柔和平順，可一雙眼瞳凌厲如劍刃，連氣質也改變了，不再像他們在雜誌上看見的如初春溫煦的形象。

如今那名金褐髮男子，就像他手上的兵器一樣銳利。

黑令的另一隻手不知何時出現了三張符紙，白色的長條紙上用鮮紅繪著古怪圖紋。

「破四雲，轉四燄，飛火瞬生！」黑令喃唸驟落，三張白符頓時竟是自燃出緋紅烈焰，成了三團小火球，再自行分裂，最末有六盞碎火環飛在眾人周圍。

見狀，瓏月的青石棍也一擊地，更多簇的紅焰平空閃現，加入了周邊火焰的行列。

山林徑道上的幽暗瞬間被驅離了大半，不須手機的燈光照明也可以清楚視物，亦能看清那綁縛白繩的林木佔了多大範圍。

莊千凌、紀晴兒、許明耀何時見過這種超現實的畫面，他們呆若木雞，震驚暫時壓住了他們的恐懼。

「你們，究竟是何族妖怪！」瓏月冷厲一喝，震回了三名少年少女的神智。

「還請……交代出你們的身分。」黑令也說，嗓音低低冷冷的，無形中含帶壓迫，「否則，斷然不會對你們客氣了。」

莊千凌他們看起來又驚又呆，臉上還有明顯的疑懼，似乎沒想到會被人指著說是妖怪。

「你、你們……」莊千凌拚命擠出聲音，想歇斯底里地尖嚷或哭罵，可是從腳底竄上腦門的寒意凍住了這份衝動，她只能不成調地虛弱說：「你們……瘋了嗎？」

「不。」出聲回答的人是柯維安，他總是掛著開朗無辜或無害的笑容，不過現在那張猶帶稚氣的娃娃臉上，沒有半分笑意。他嚴肅地說道：「我們當然沒瘋，但是瓏月和黑令的確有個地方說錯了。你們不會是妖怪，這點，我可以百分百保證。」

「維安先生！」

「維安同學？」

乍聞此言，瓏月和黑令不禁錯愕，雙雙望向了柯維安。

莊千凌等人則是面露喜色，心想終於有人站在他們這一方、幫他們說話。只是他們無論如何也沒想到，那名娃娃臉男孩接下來竟是說：

「可是，你們也不能算是人類，起碼不是『活著』的人類。」

三人呆住了，剛湧現的喜悅消退得一乾二淨。緊接著他們雙眼幾乎突出地死瞪著柯維安，無法接受對方所說話語。

不能算人類？不是活著的人類？胡扯、胡扯、胡扯……一切都是該死的胡說八道！

「我他媽的要撕了你的嘴啊啊啊！」許明耀猙獰著表情，怒氣騰騰地暴跳起來。管他們是被什麼妖魔鬼怪包圍，他都要叫那個死國中生把話吞回去，「敢咒我們死！你居然敢……」

許明耀的勁頭又急又猛，就像脫韁狂奔的馬匹，任誰也拉他不住。他和柯維安之間的距離不算遠，他舉起拳頭，雙目赤紅，鼻間哧哧地噴著氣，眼看那拳頭便要轟向柯維安。

一道碧影風馳電掣地橫擋過來。

許明耀根本還來不及反應過來發生什麼事，就覺下頷迸開疼痛，雙腳被硬物重重掃過。下一秒，他已整個人被掃翻在地，四仰八叉地摔躺在地面上。

「再有妄動，下次就不會留情了。」瓏月居高臨下地冷視瞬間被她擊倒的許明耀，筆直的青石棍微閃冷光。

「許明耀！」莊千凌、紀晴兒慘白著臉跑上，兩人各拉一隻手臂。即使她們被困在中央無路可逃，還是極力地將他拉到一個和三方都保持距離的位置。

「我沒有詛咒你們，我不做這種事的。」柯維安神情未變，慢慢地說，「更何況，你們早就死了啊。」

那簡簡單單的一句話，對於眾人而言卻是有如落雷轟頂，讓他們誰也說不出話，腦海中唯獨充斥著滿滿的不可能。

不可能，他們怎麼會死了？他們不就在這裡？莊千凌等人心驚膽戰又覺荒謬。

不可能，岩蘿鄉不可能有人魂留下的。黑令與瓏月面面相覷，在彼此眼中看見相同心思。

「我也覺得納悶。因爲按照瓏月你們的說法，死後的人類之魂沒辦法留在這裡。可是，他們就是留下了。」柯維安似乎看出另兩名同伴的疑問，冷靜地說出更讓人震驚的眞相，「我本來也沒想過要懷疑他們，偏偏他們從可可和小語的房間衝出來時，剛好壓到了我。在那麼近的距離下，我聞得很清楚，他們三人的身上都只有亡魂的味道。」

接下來的宣言簡直像是扔下了一顆震撼彈。

柯維安說：「我聞得出對方是人是鬼，這或許是我的一點特別之處。但前提是要沒別的氣味干擾，以及距離要夠近。」

聞得到？這種事……眞有可能……

五雙眼睛不敢置信地緊緊望著那名娃娃臉男孩。

而柯維安宛如沒看見那一張張或是驚異或是愕然的臉孔，一彈指，本來被他夾在臂彎下的毛筆倏地化成金點消散。

雙手可以靈活動作的情況下，柯維安速度飛快地在筆電鍵盤上敲打。不消一會兒，他就將筆電轉過，使螢幕正對著所有人。

在螢幕自身的冷光及周邊火光照耀下，每個人都能再清楚不過地看見那是一個臉書頁面。

再一細看，就會發現那是屬於某個人的個人臉書。

「我的……臉書？」莊千凌瞪大眼，一眼就認出自己的自拍頭像，「你爲什麼會……」

「找到妳的臉書嗎？」柯維安流暢地將話接了下去，他聳聳肩膀，「這不怎麼難，眞的，尤其在你們自己輕易就公開資訊的情況下。還記得你們三人共同經營的粉絲專頁嗎？那個誰與誰的小天地，我從『關於』的地方找，就看見你們將自己的個人臉書網址都放出來了，所以才能更確定我的猜測。」

「我的臉書又干那什麼事！」莊千凌覺得自己受夠了，她尖聲地喊，清秀的臉蛋扭曲，手指抓碰到一塊石頭，登時想也不想便往柯維安的方向用力扔去。

「我靠！」柯維安不禁也罵了出來，他可沒料到莊千凌會突然有此舉動，反射性抬手想遮擋，不過有人的動作更快。

銀光驟閃，石塊刹那間被一分爲二，直直掉墜於地。

莊千凌僵硬地扭過頭，望見黑令嚴厲地盯著自己，手中兵器在夜間折閃出冷冽鋒芒。

「我不想對女孩子動手，但必要時刻……我會。」黑令沉聲說，「維安同學，請你繼續說下去。」

「接下來與其用說的，還不如讓大家直接看。」柯維安將筆電往前伸遞，「就算碰到了也沒關係，我的小心肝現在是平常模式，不會咬人的。我不是無緣無故要開這些臉書頁面，我只是想讓人好好看一下，他們三個人臉書塗鴉牆上的留言。」

黑令和瓏月的視力本就非常人，不用特別拉近距離，他們就看清莊千凌的臉書塗鴉牆上遍布著怎樣的留言。他們不由自主地一震，強烈的吃驚和震撼衝湧上心頭。

上面的留言居然清一色都是——

希望妳在另一個世界也會好好的。

我們好想念你們。

爲什麼妳和紀晴兒、許明耀會發生那種不幸？這太讓人難以接受了！

一路好走。

那些，分明都是哀悼的留言！

莊千凌三人不敢相信地瞠大眼，臉上血色盡褪，恐懼一縷縷從心頭漫淹而出。

其中莊千凌更是猛地粗暴搶下柯維安的筆電，抱著它瘋狂瀏覽上頭一條條留言，接著她又點開了另外兩個臉書頁面。

不管是紀晴兒或許明耀的塗鴉牆，上面也淨是悼念的留言，差別只在於數量多寡而已。

「騙人、騙人、騙人！」莊千凌有如被燙到，又彷彿手中碰的是什麼毒蛇猛獸，她煞白臉，驚駭不已地將筆電使勁扔出，「不是說不能聯絡到外面了嗎？爲什麼那台筆電可以上網？絕對都是假的！」

「媽啊，我的小心肝！」柯維安大驚，忙不迭地衝上前，有驚無險地接住了自己的筆電。

他鬆了一口氣，就算知道摔不壞，他還是會心疼的。

摸摸筆電外殼，柯維安直視莊千凌三人，早有心理準備他們不會相信。

「我沒有騙人，這也不是作假，你們難道還認不出自己的臉書是真是假嗎？我雖然不明白你們爲什麼會忘記自己已死的事，但我想這則新聞會提醒你們什麼吧。」柯維安又敲打了幾下鍵盤，然後再次將筆電螢幕轉向。

上頭已不是臉書頁面了，而是一則新聞報導的網頁。

那是數天前的地方新聞，標題直接點出了報導內容大意。

——岩蘿鄉傳憾事，高中生私闖小湖戲水溺斃！

「三名來自北部某所高中的學生，因私下闖入被封鎖起來的小路，到裡頭的小湖戲水，無視在旁設立的警告標誌，疑似不諳水性而發生意外。三名死者分別是莊姓女學生、紀姓女學生和許姓男學生。」

「三人在學校感情交好，根據家人所說，他們時常結伴出遊，卻沒想到這一次竟會發生如此不幸。」

柯維安像是早已將新聞背下，縱使沒有看著螢幕，還是能將內容說出。他越唸，莊千凌等人的表情就越駭恐。

終於，他們面如死灰，身上的體溫像一口氣散盡，只留無盡的冰冷包圍住他們。

柯維安停頓了下，將筆電轉回，大大的眼睛瞬也不瞬地望著三名學生，宛如宣判地說了：

「阮鳳娘小姐之前說的年輕人溺斃事件，原來指的便是你們。莊千凌、紀晴兒、許明耀，你們都忘了嗎？你們在青礦谷公園閉園後，偷偷翻門爬入，再破壞封阻小路的柵欄，溜到了蘿岩湖戲水。那裡明明設立了『禁止戲水』的告示，可是你們卻無視，然後發生了意外。但直到隔日公園工作人員前來，才發現柵欄被破壞，有人私闖的事。」

「那時候的你們，早就回天乏術——你們，早就死了。」

死？他們早就……死了？

三名少年少女張著嘴，像是有話欲吐，但卻只覺腦海裡似乎茫茫然的。

忽然間，耳邊吵雜得要死的鈴鐺聲變得模糊，取而代之的是其他聲音。

水聲……嘩啦嘩啦……

「天啊，這裡好美喔！許明耀、晴兒，你們動作快點！」

「眞的好美！幸好我們溜進來了，不像那些遊客傻傻的，不知道這裡有這麼棒的地方！」

「是老子的功勞啦，那些木板可是費了我一番工夫！嘖，這裡還設什麼鬼警告標誌，誰不知道只是設好看的，專門騙三歲小孩用的。」

「沒錯，管他那麼多，我們趕緊大玩特玩吧！」

年輕男女的嬉笑聲，他們肆意大喊大叫，玩鬧得不亦樂乎。

然後，卻猛然轉變成驚慌失措的尖叫。

「好……好痛！我的腳……救命！救命！」

「快救她啊，許明耀！」

「不要推我……啊啊啊！放、放手！我……」

「咿啊！不要抓著我！救……」

呼救聲似乎逐漸遠去，但那份冰寒徹骨的感覺還留著。

好冷……好可怕……

三人臉上的表情不知不覺化成了空白，他們眼神空洞，衣角和髮梢忽地湧生出水滴。

他們想起來了，想起自己早已淹死的事。

他們怎會忘了？他們是淹死在蘿岩湖的，所以——他們要回到那個地方！

那是在猝不及防間發生的事。

三名少年少女站了起來，他們的臉仰高，健康彈性的皮膚驀然垮成灰白鬆軟，體型也撐大，彷彿體內灌入滿滿液體，要將他們的身子像吹氣球般撐開。

他們的髮絲滲出更多水，變得濕漉漉的，貼黏著臉，散發出像是水草腐爛的惡臭。身上衣物的水珠更是滴滴答答落個不停，瞬間在地面凝成了小水窪。

與此同時，灰白的皮膚上浮出類似一圈細繩的痕跡。

那些痕跡像纏綁了他們三人全身。

「那是！」黑令似乎辨認出什麼，瞳孔霍地收縮。可他還來不及再有動作，三名少年少女身上的痕跡竟是脫離皮膚，在半空中具現出實體。

柯維安大吃一驚，那不是細繩，那是細長的鎖鍊！

不等柯維安將發現脫口喊出，細鍊猝然碎裂成無數截，像粉末般灑落下來。

莊千凌等人不約而同地發出了宛若野獸的長嘯，旋即身形拔長，竟一轉眼便疾衝過柯維安等人；再一轉眼，已如旋風般掠進通往山下的林木間，和深深黑暗融爲一體，難以尋覓他們的行蹤。

「怪不得他們身爲人魂卻能留在岩蘿……維安同學，他們會往何處去？我們要盡快追上才行！」黑令前半句像在呢喃，後半句揚高的喊聲則拉回了柯維安的神智。

「該死的！」柯維安回過神，驚慌地蹦跳起來，「是蘿岩湖！他們死在蘿岩湖，所以會下意識地回去那裡！但是小白他們也在那，他們不曉得莊千凌三人已經死了，萬一大意被偷襲……而且那三個人之中，說不定還藏有瘴異啊！」

瘴異，異變的瘴。

黑令曾聽過這個名詞，可是他萬萬沒想到，會在這時從柯維安口中聽見。

岩蘿鄉內居然躲匿著瘴異！

「維安同學，這到底是怎麼回事？」黑令變了臉色，急促地問，「你為什麼不事先說出來？這般重要的事……」

「我現在也後悔我怎麼沒說出來！但我就是擔心瘴異藏在我們這群人之中！」柯維安也懊惱得想揪拉自己的頭髮，他想方設法地努力估算了一切，偏偏仍是有他難預料的意外，「我是在兩點多的時候發現旅館有瘴異的存在，但是它逃得太快，接下來又發生那些事。有嫌疑的人都聚在一起，我怕打草驚蛇……可惡，現在搞得蛇都跑了！我眞是笨蛋，弄巧成拙！」

柯維安想起自己曾向一刻透露有瘴異的事，可是僅僅那句話是不夠的。

那名白髮男孩不會想到莊千凌他們有嫌疑、可能寄附著瘴異，他甚至還不知道那三人根本早就死了。

柯維安越想越慌亂，或許一刻等人擁有堅強的實力，但明槍易躲、暗箭難防。假使莊千凌他們趁隙傷害……

「維安同學，事情還可以挽回的，我們馬上過去！」黑令見到柯維安慌得一張臉刷白了，立即強硬地喊。這時候他們不能自亂陣腳，他迅速又望向另一名同伴，「瓏月，我們出發……瓏月？」

「啊？是！」瓏月像驟然被驚嚇回神，反射性地答話。她甩甩頭，抹了把臉，不明白自己在重要時刻怎會恍了神。但鈴鐺聲……靜修之地未停歇的鈴鐺聲，讓她不自覺思緒茫然。

瓏月攢緊掌心，讓指甲刺入皮膚裡，疼痛果然讓她的神智更清明了。

「我明白了，要用最快速度趕去蘿岩湖的話，就請交給我吧，維安先生、黑令先生。」瓏月神情堅定地一抬頭，隨著她最末一字落下，她的足下竟突生火焰。

赤紅色的烈焰迅雷不及掩耳地一圈圈環繞上瓏月身周，不到轉眼時間，那具纖瘦但無時無刻保持著筆直姿勢的身子，已完全被火焰遮覆住。

「還請後退！」清亮的嗓音自烈火中傳出。

下一秒，赤紅烈焰乍然一口氣膨脹，彷彿原本被包圍在裡面的身影也在急速增大。

柯維安及時被黑令拉到旁邊，免受了火焰的波及。

柯維安感受到四周溫度逐漸升高，熱氣也一併撲面而來。但奇異的是，那團巨大的火焰並沒有燒燬它所觸及的一切事物。

如果不是自己眞的感覺到了，他或許要懷疑這是不是一場幻覺。

幻覺……柯維安心底忽地被觸動，有什麼想法一閃而逝。但消失得太快，來不及捕捉。

壓下那份奇異感，柯維安怔怔地望著赤紅色的火焰剎那消退。留在原地的不再是屬於紅髮少女英氣的身影，而是、而是——

一隻體型龐大的二尾妖狐！

金澄的眼瞳在幽黑中宛如兩盞明晃燈籠，暗紅色的皮毛覆蓋全身，兩條碩長的尾巴也是暗紅色。雖比不上柯維安曾見過的六尾華麗，然而卻像火焰般不容人忽視。

回復爲獸型的瓏月伏下身子，四肢彎曲，還可以見到那尖利的爪子從掌間透出。

「黑令先生、維安先生，請上來我的背上。」

屬於瓏月的清亮聲音直接在柯維安和黑令腦海中浮現。

黑令毫無猶豫，動作俐落地抓住柯維安的一隻胳膊，瞬時穩穩坐於紅狐背上。

柯維安正想向黑令道謝，讓他得以不用狼狽攀爬上來，瓏月的聲音又再次響起了。

「走了！」

「咦？什麼——咿！」柯維安的驚呼立時變成慘叫，猶帶燠熱的空氣猛烈拍擊上他的臉。最後他連慘叫也發不出，只能緊閉著嘴，就怕咬到舌頭。

瓏月速度飛快，就像一陣紅色旋風，飛也似地朝山下衝俯而去。

卻沒人發覺到，隨著二人一狐的離開，那陣陣鈴鐺鳴響竟漸漸減緩，然後徹底歇止了……

終於，一片寂靜無聲。

第五章

「好痛痛痛……」

黑夜下，一聲無預警冒出的哀叫聲，中斷了一刻等人的行進。

一刻反射性停下腳步，轉頭回望聲音來源處，接著他嘆了一口氣。

「蔚可可，又是妳。」就連語氣也像是充滿忍耐，「妳的頭髮到底和這裡的樹結了什麼仇？天知道一路上被勾到幾次了。」

「嗚呃呃，我也不知道被勾了幾次……」可憐兮兮回話的是名鬈髮女孩，圓圓的眸子像小動物般瞅著一刻，那頭未綁理的長鬈髮絲，此刻有一綹勾扯上了路邊橫出的一根樹枝，「說不定是我的頭髮前輩子滅了這樹的滿門……對不起，我只是想活絡氣氛才開玩笑的。」

見到原本欲上前幫忙的男孩臉色一黑，蔚可可忙不迭地雙手合十，舉高至額前，兩隻眼睛閉起。末了，一隻眼睛偷偷掀開，看見對方垮下肩膀，一副「我怎麼會認識妳這傢伙」的無力模樣。

「等等，認識我有什麼不好？人家好歹是活跳跳的美少女耶！」解讀出一刻心聲的蔚可可立即張開兩隻眼睛，不平地睜大了眼，「而且認識我還順便附送我家那個惡鬼老哥……唔，這樣好像就不是很划算了？」

「划算妳個頭，妳的腦袋到底都在想什麼？」一刻再也忍不住地大翻白眼。他走上前，想幫忙拉下那綹不聽話的頭髮，但似乎纏得太緊密了，不管他怎麼扯動，就是會一直聽見蔚可可吃痛的吸氣聲。

蔚可可雖然忍耐著不喊痛，但脖子卻會不自覺地縮，身子也不自覺地扭，結果只是使得情況變得更複雜。

——換句話說，就是頭髮和樹枝越纏越緊，簡直難分難捨。

「夠了，給老子立正站好！不准縮、不准扭，否則管現在是不是半夜，我立刻打電話給蔚商白！」一刻忍無可忍地一聲令下，「別以爲我看不出來，妳是躲著妳哥出來玩的吧？」

蔚可可倒吸一口氣，瞬間連吭也不敢吭一聲。她雙手緊貼著大腿，眸子緊張地盯著一刻，那副心驚膽跳的模樣，明擺著被一刻說中了。

她的確是躲著蔚商白出來玩的。

沉默一會兒，蔚可可囁嚅著開口，「呃……不過手機現在不是打不出去嗎？」

「妳以爲我不會等事情解決後打嗎？」一刻還眞忘了岩蘿鄉目前和外界處於通訊斷絕的狀態，但他隨即板起臉，「閉嘴，解決完妳的頭髮，我們還有正事得趕緊做。」

蔚可可聽話地做了個拉上拉鍊的手勢。

只是一刻雖然自認手還算巧——看看他手機上掛的那串小吊飾，無論小熊或小花都是他自製的——但他還眞的拿那像和樹枝打死結的髮絲沒辦法。

試了好半晌，一刻放棄地吐氣。他不想用最終手段，畢竟蔚可可是女孩子，女孩子向來寶貝自己的頭髮；要是直接削掉一截的話，就算她不哇哇叫，恐怕也會淚汪汪地望著他。

於是，一刻改找在旁邊一直袖手旁觀的棕髮青年。

「喂，曲九江，你來試試。」一刻喊道：「你也是長頭髮的，對這應該比較有辦法吧？」

「你的推論聽起來眞沒科學性，小白。」曲九江嘲諷地瞥來一眼，放下環胸的手，卻也沒走近的意思，「不過我是有辦法沒錯，你下次可以盡早向我求助。」

「我操，我們這群人就夠不科學了，你還想要求什麼狗屁科學性？」一刻沒好氣地啐道：「有辦法就來幫忙，別在那嘰嘰歪歪。」

「燒掉就好。」曲九江沒再吐出諷刺的話語，而是難得乾脆給了一個言簡意賅的答案。他的眼瞳微閃銀星似的光芒，五指舉起，指尖驀地平空燃起赤紅火焰，在黑夜下格外顯目。

然而那簡單的四個字，卻讓蔚可可當場花容失色。她總算明白柯維安為什麼一提到那名半妖青年的名字，不是苦著臉，就是一臉驚恐。

在那名半妖的字典裡，根本就沒有「溫和」這兩個字對不對!?

如果一刻知道蔚可可現在的想法，一定會斬釘截鐵地再告訴她：那傢伙連「禮貌」這種東西都沒存在過。

「不不不，不要燒啊！」蔚可可反射性護著頭髮，瞪圓的眼睛看起來更像驚惶的小動物，「我不要你們幫忙了，小語……嗚啊！小語妳在哪裡？快來救妳的好朋友啊！」

乍聞蔚可可的哀叫，一刻驟然想起，秋冬語說要去前頭探看究竟後，至今尚未返回他們的隊伍。

他們一行人此刻是在前往青礦谷公園的途中。

和柯維安等人在花見旅館外分開行動後，他們沿著路往下走。

青礦谷公園離花見旅館並不是太遠的距離，大約不到十分鐘的路程就可以抵達。

不過爲了確認這地方是否眞的完全空無一人，一刻他們還是多繞了一段路至捷運站附近。

縱使是半夜時分，但二十四小時營業的便利商店和速食店外的露天桌椅，平時仍有稀稀落落的幾人坐在那聊天飲酒。

然而一刻他們幾人到了後，見到的唯有空蕩蕩的景象。

店裡燈光依然大亮，可一個人都沒有，所有人都像被徹底抽離這個地方。

——令人不得不深切地體認到，岩蘿鄉眞的如同空城一座。

一旦確認心中猜想，一刻等人沒有多逗留，而是立即折返回頭，前往他們的目的地，青礦谷公園。

中途，秋冬語平淡地表示她可以打前鋒，她在公會裡也常做潛伏的工作，身上的斗篷更增加了藏身的隱密性，不會輕易洩露蹤跡。

只是秋冬語前腳離去不久，蔚可可就又遭受頭髮被樹枝勾纏上的意外。

眼見曲九江指尖火焰脫離，迅速化成一柄小刀的形狀，蔚可可的一顆心都要提到嗓子眼了。她和曲九江認識不深，但也明白那名半妖青年並沒有開玩笑的興趣。也就是說……他是認眞的！

「小語救命！」

蔚可可驚慌失措地大叫出自己朋友的名字，同一時間，兩道聲音幾乎分毫不差地疊合起來。

「是，我是……小語。」

「幹！你是玩夠了沒啊，曲九江！」

一個是輕飄飄又沉靜的女性嗓音；另一個則是沾染火氣的大罵。

不，其實還有第三道聲音的。只是那道聽起來像有人的後腦被搧擊的聲音，被大罵聲蓋過去了，才會遭到忽視。

一刻甩了甩手，厲瞪被自己拍上後腦的曲九江，眼神中的警告意味很明顯，就是不准他再嚇蔚可可。

曲九江回瞪一刻一眼，像是想要反駁自己可不是在玩，他才不做那種事。但最後僅是嘖了一聲，抿直唇線，似乎也不想在三更半夜和自己的神互毆，那未免太浪費力氣。

沒察覺到男孩子間的暗潮洶湧，蔚可可一聽到那再熟悉不過的說話聲，哭喪的表情登時轉成欣喜的笑顏。

「小語，妳回……啊，好痛痛！」蔚可可一時忘記自己的窘境，急著回頭的下場就是又拉扯到自己的髮絲，疼得眼淚差點飆出來。

「稍安……勿躁。」秋冬語語氣還是平淡，但一聽就能聽出她的安撫之意。

蔚可可依言等候，過不了多久，便覺得之前一直繃得發痛的髮絲一鬆，接著那份拘束感也消失了。

「嘿嘿，果然還是小語最厲害了！」蔚可可摸摸自己重獲自由的頭髮，開心地轉過身，給予那名裹著漆黑斗篷的長髮女孩一個擁抱。

「謝謝誇獎……這時候這樣說，對嗎？」秋冬語問，「還是說，該回答……我也覺得我比小白、曲九江厲害？」

一刻可沒想到自己居然會聽見秋冬語在開玩笑，他吃驚地望向那張白瓷般的精緻臉蛋。

秋冬語還是面無表情。

然後一刻更吃驚地體認到，她不是在開玩笑，她很認眞地在問。

「妳回答那丫頭前句就行了……後半句拜託省略，那聽來真像在損我們兩個男的笨手笨腳，雖然的確也差不多。」一刻耙耙一頭白髮，無視曲九江發出的哼聲，彷彿不滿自己也被歸在笨手笨腳這一類裡。他直視不知何時回到他們身邊的秋冬語，多少習慣了她的神出鬼沒，「秋冬語，妳看得怎樣？」

「青礦谷公園的燈……亮著，無人。我打開了大門，毋須翻門而入。」秋冬語一邊回答一刻，一邊拍拍蔚可可的背，再仿效地回抱她一下。

聽聞秋冬語已經打開了青礦谷公園大門，一刻點點頭，先從口袋掏出一綑白線，扯了一截往上拋。

白線宛如獲得了生命力，直衝高空，接連成一個圓，又霍地漲得極大，幾乎籠罩岩蘿鄉，四周景象出現一瞬疊影又再消逝。

對於一般人而言簡直光怪陸離的一幕，對於現場的人來說卻是習以爲常。

那是神使特有的結界。

「雖然已在別人的結界裡，但就是多少做個保險吧。」一刻說，接著毫不拖泥帶水地下達指示，「那麼就出發，去看看蘿岩湖到底有什麼東西在等著我們。」

「如果是礙事的玩意，我可以直接燒了嗎？」曲九江漫不經心地開口。

一刻的回答是扯開凶猛的笑容，「你就儘管燒吧，可別給老子削了面子。」

然後，蔚可可看見那一路冷冰冰一張臉的半妖青年也笑了。他的眼瞳轉銀，髮絲是狂狷的紅，至今壓抑隱藏的驚人妖氣再也不客氣地——

釋放而出。

青礦谷公園雖名爲公園，但實際上是一處湖泉觀景地，主要景點就是岩蘿溪的源頭，青礦泉。

由於青礦泉的溫度高於九十度以上，終日白煙渺渺、熱氣蒸騰。爲了安全起見，周圍不光圈起了欄杆，防止遊客跨越，還特別限制了參觀時間。一到下午五點，公園大門就會關上，避免有誰在無人看管的情況下私自潛入。

當一刻等人到達青礦谷公園時，沉厚的黑鐵大門正如秋冬語所說，呈現開啓的狀態。可以看見公園內路燈皆亮起淡黃色的燈光，替這座本該在閉園後籠罩於昏暗之下的公園增添照明。

沒有多加猶豫，四名年輕人往內走了進去。

公園裡僅有一條往內延伸的道路，順著這條路走不到幾分鐘，便會看見青礦泉。

身爲岩蘿溪的源頭，青礦泉的面積其實相當大，被欄杆圍起來的只不過是顯露在地表外的部分。

即使如此，也足以讓初次目睹的人大開眼界。

因爲那遼闊的青藍色水面上，不斷升湧出含帶熱度的濃密煙氣。白色的煙氣凝聚、升起、擴散，隨著一波的散逸，新的一波又重新匯集。

在這些乳白色霧氣的環繞下，加上路旁淡黃燈光的照耀，色澤青藍的青礦泉乍看下恍如世外仙境。

蔚可可不禁看得呆了，腳步下意識停住。就算離欄杆還有一段距離，她也能感受到熱氣混在夜風裡迎面撲來。

「可可？」走在蔚可可身旁的秋冬語當然不會忽視對方的動作，蔚可可一停，她也跟著停步。她的詢問落在那些煙氣間，使得那道原本就輕飄飄的嗓音愈發有股飄渺之感，讓人有種不眞切的感覺，「水裡……有異狀？」

「咦？啊，不是、不是。」蔚可可發現自己走神，連忙慌張地搖搖手，「水裡沒東西，我只是第一次看見青礦泉，所以忍不住多看幾眼。」

「第一次？」一刻也注意到後方兩名女孩沒跟上，他回過頭，狐疑的視線瞥向蔚可可，「你們不是來過岩蘿好幾次了？我記得蔚商白和我提過。」

「可是……都沒成功來過青礦谷啊！」蔚可可哀怨地嚷道：「宮一刻，你上回和我們一起來這的時候遇上週一公休。明明都來過岩蘿三、四次以上了，但不是碰上公休就是超過參觀時間，人家就只看過那扇大門而已。都是老哥那混蛋，每次都硬要先抓人爬完山……他自己體力好，就別把同套標準放在我身上嘛，害我每次都要鐵腿。」

「乖、乖。」秋冬語伸手摸摸蔚可可的頭髮，只是那張缺乏表情的臉蛋和少了起伏的語氣落在他人眼中，只怕難以將她的舉動和「安慰」兩字聯想在一起。

一刻倒是看得出那如瓷娃娃的長髮女孩是在安慰蔚可可，不過他在意的不是這個，而是——

「鐵腿？喂喂，蔚可可，妳好歹也是神使吧？」一刻彈了下舌，匪夷所思地望著蔚可可，「妳的體力有差成那樣嗎？」

「不對吧？這時候不是應該懷疑老哥他有多惡魔、多虐待人嗎？」蔚可可深感不平地抗議，眼睛奮力地瞪得又圓又大，「而且他又不准人家用神使的力量，平常我也只是再普通不過的柔弱美少女而已耶！」

「……」一刻發現吐槽點太多，實在難以一一針對，最後他嘆氣，「算了，你們兄妹是怎樣互相折磨彼此，我一點也不想管。」

用一道銳利的目光制止蔚可可反射性想吐出的抗議，一刻又說：「等事情處理完，妳有的是時間慢慢欣賞。妳和秋冬語不只要待一天吧？我們這也是。妳還可以叫柯維安那小子當導覽，他一定查了一堆有的沒的，再不濟還有安學長在。」

蔚可可本來想鼓起的腮幫子立即消下，一雙大眼睛喜不自勝地閃閃發亮。

那名白髮男孩的言下之意，不就是說他們兩方的人可以一同結伴遊玩嗎？

「哇！宮一刻，你真是好人！」蔚可可開心地歡呼，隨即又抓握著秋冬語的手，「小語，妳也這麼認爲吧？」

「是……好人。」秋冬語也點點頭，「所以……要發卡嗎？老大總說好人都會被發卡，但我沒有卡片能發。」

「發他X的老木！老子才不想收集那種東西！」無端被發卡的一刻鐵青著臉，有股衝動想警告胡十炎不要再灌輸秋冬語亂七八糟的知識了。但想想自己也從來沒說贏過那隻六百歲的老狐狸，還是作罷了。

「我已經知道你是好人了，小白，我們能夠別再浪費時間了嗎？」另一道不耐煩的低沉嗓音插入。曲九江的銀眸冷冷掃視過三人，像是在宣告他的耐心即將告罄，到時候他可能直接掉頭走人，管蘿岩湖會有什麼在等待他們。

「好你去死。」一刻的回應是一記中指外加一記白眼，但也沒忘了他們的目的地不是這裡，而是在更深處的蘿岩湖。

按照阮鳳娘和瓏月曾說過的，走至青礦谷公園的最底，就會發現一條被木板封起的小路，小路的盡頭便是蘿岩湖。

與岩蘿溪不同源，蘿岩湖的水來自另一條水脈，因此湖水溫度格外冰冽，就算夏季也不例

外。

尤其蘿岩湖看似清澈水淺，實則水深，歷年來已發生不少憾事。在豎立告示牌也無用的情況下，小路最終被封堵起來，防止再有遊客貿然闖入。

只是一刻再怎麼想，還是不明白先前那通詭異電話，爲何要叫那三名高中生到蘿岩湖找「他們」？

他們是誰？複數人稱的使用詞，就表示不僅只有一人……

他們，會和柯維安口中說的「瘴異」有什麼關聯嗎？

無人發覺下，一刻眼神一凜，回想起分別時，那名娃娃臉男孩特意壓低了聲音，用唯有彼此聽見的音量說：

「──這個地方，有瘴異。」

柯維安不會無故說些危言聳聽的話，他說有就表示他一定發現或是看見了。

而從時間點判斷，最有可能就是半夜兩點多，在他們仍未聽見莊千凌的尖叫之前。

那時候，柯維安是獨自待在走廊上的，而接下來的一連串變異，卻也讓柯維安無暇好好將事情說出，尤其是那麼多人都在的情況下……！

一刻猛地一震，這瞬間想通柯維安爲何自願和瓏月他們一組，而不是如往常般纏著自己不放。

原因很簡單，柯維安懷疑瘴異可能就在那群人之中，他打算暗中監視。

那個該死、讓人火大的……臭小子。一個人想全扛下這些事是怎樣？一刻攢緊拳頭，嘴角扯出猙獰的弧度，雙眼更是目露凶光。

柯維安的做法還眞是讓人不爽，把他們幾人都當易碎的玻璃嗎？

「之後絕對要痛揍那小子一頓。」一刻咬牙切齒地低語，「讓他好好記住。」

「什麼？什麼？記住什麼？」蔚可可只聽到句尾，不禁好奇地湊過來。

「嚇！幹！」一刻可沒想到一顆腦袋會無預警地貼近，一雙大眼睛還骨碌骨碌地盯著自己。他差點就要像對柯維安般一掌拍回去，但一思及萬一被自己拍得更笨了，蔚商白會不會趁機把蔚可可塞給自己負責。

這想像馬上讓一刻一悚，手掌也改壓上蔚可可的額頭，把那顆腦袋壓回去。

「別突然湊過來又出聲嚇人，也不准再提那套美少女才不嚇人的鬼理論。」一刻惡狠狠地瞪了蔚可可一眼，後者吃驚地瞠大眸子，像是佩服對方怎麼知道自己想說什麼。

只是緊接著，蔚可可就忍不住嘀嘀咕咕地抱怨：「但人家明明就不嚇人嘛……」

「同意……可可不嚇人。」秋冬語嚴肅地說。

這兩個重點全錯的天兵！一刻撫著額，但不得不說被這小插曲一鬧，他分散的注意力全拉回來了。

一刻決定不再多想，先做好他們這邊要負責的事。反正等到和柯維安碰面，直接給他一拳就是了。

打定主意的同時，一刻也望見前方的確有條被封住的路徑。幾片厚木板釘連在一塊，將內外阻隔起來，頂端還有尖利的鐵絲纏繞，顯然不想讓人輕易攀過。

木板上還掛著一面牌子，寫著「私人土地，禁止擅入」。

那些木板比人高一些，不過只要一踮腳，就能瞧見後方的景象。

木板後林木直立，不知名的藤蔓植物攀掛纏繞，相較於照明充足的公園，顯得幽暗危險。

一刻瞇眼打量了下，正想抬腿估算踢踹的力道和距離，一簇火焰倏地燃現。

「不想被燒到就退開一些，只不過是幾片破木板，是以為能阻擋什麼？」曲九江上前一步，他朝著木板的方向伸直手臂。

剎那間，紅火乍現，一圈圈猖狂火焰從曲九江的臂膀處迅速向下環繞，匯聚在指尖上。

下一瞬間，火焰如箭矢疾速射出，轉眼間，就將木板連同上邊的鐵絲網燒化得丁點不剩，只剩地面一片焦黑的灰燼。

遭到封堵的小路頓時門戶大開。

而這一切，甚至不到數秒的時間。

「哇！」蔚可可嘴巴開開。就算知道曲九江是半妖，但親眼見他操弄火焰，仍不免感到震撼。

「我不喜歡重複太多次，小白，那會讓我懷疑你有沒有把腦袋帶在身上，但你是眞的忘記自己收一名神使了嗎？」曲九江冷哼，五指收握，臂上的烈焰光輝隱沒，只留幾盞碎火持續飄浮，用來充作引路用的照明。「在動手之前先動動腦子吧，況且，剛要我儘管燒的人是誰？」

「哇……」蔚可可還是同樣的一個單音，只是這聲單音的含意已和先前全然不同，她無比同情地注視著一刻，「我本來還想說，有這麼厲害的半妖神使在身邊很方便，就算沒有瓦斯都能燒開水了。可是那張嘴巴……嗚呃，眞是比老哥還恐怖！明明聽起來就是要宮一刻多拜託他做點事，爲什麼有辦法用那種扭曲的方式表達？」

「老大說……」秋冬語平靜地接話，「嘴巴、內心不一致的，就是傲嬌。」

「不不不，那個傲的成分根本已經爆表爆過頭了耶！」

一刻壓根沒注意到蔚可可她們在說什麼傲什麼嬌的，他現在最想做的事就是掐死那個據說是自己神使、但態度又跩又高傲的混帳！

一刻深吸一大口氣，即使額際還是壓抑不住青筋迸跳，他還是將那份衝動死死按捺下來。再怎麼說，他的忍耐度在經過自家堂姊的丟三落四，以及對環境清潔的高強破壞力殘害後，已無比茁壯；之後還經歷了織女的各種摧殘，那份忍耐度如今可說是堅不可摧了。

因此單憑曲九江的刻薄毒舌，又能如何？

……沒錯，所以等事情結束後再宰了他吧！一刻陰惻惻地厲了曲九江一眼，然後冷不防地給對方一肘擊才邁步走。

「蔚可可、秋冬語，跟上來！曲九江，嫌沒事做就負責照亮這黑不拉嘰的地方！」一刻頭也不回地喝道。

「知道了！」

「明白。」

兩名女孩一前一後地回答，活力充沛和平淡飄渺的嗓音分別落下。

最後被點名的曲九江則沒有回應，可是林木間的火焰數量卻是一口氣增多了。

十來盞緋紅碎焰就像燈籠般，安靜而忠實地緊緊環繞在眾人四周，照亮這處深幽的空間。

對於蘿岩湖，一刻是陌生的，他從來不知道原來青礦谷公園裡還藏有一條小路，小路的盡頭則是另一座小湖。

但是等到一刻親眼見到了蘿岩湖，他不得不承認，阮鳳娘白日的稱讚之辭完全沒有誇大。

比起青礦泉氤氳朦朧、如夢似幻之感，蘿岩湖就像一枚小巧的冰藍色寶石，靜而優雅地獨立於小路盡頭處。隨著小路林立的樹木在此也沒了蹤跡，它們僅僅是環於湖岸周圍，橫生的枝葉毫無遮蔽到湖面，使得這座湖泊上方空曠遼闊，完整地將銀月的姿態納入水面上。

少了空污與光害，山裡的月亮看起來特別皎潔明亮。

而在月光的照耀下，蘿岩湖有如閃閃發亮一般。

唯一美中不足的，或許就是豎立在湖岸一角的告示牌。不過就算如此，也是瑕不掩瑜，並未破壞這份美麗的光景。

一刻怔怔地凝望著眼前展開的湖泊，只覺那冰藍色湖水彷彿擁有魅惑的魔力，令人難以移開目光。

「這還眞是……」蔚可可也看呆了，喃喃說道：「閃閃發光，就和我們的淨湖一樣美呢。」

「淨湖？」秋冬語沒有受到湖景的吸引，在她眼中，就只是湖泊、月光和月亮的倒影而已，她分不出這和其他見到的有什麼差別，「可可你們的？」

「啊，那只是一種說法，不是眞的是我們的啦。」蔚可可趕緊解釋道。一提起淨湖，她的眉眼登時躍上藏不住的驕傲，似乎就連身前湖景的吸引力也減弱了。

「淨湖是湖水鎮的一座湖泊，也是我們的神所住的地方，理花大人就是淨湖守護神喔！哪哪，小語，下次有機會到我們湖水鎮來玩嘛，我會當全程地陪的，人家可是很厲害唷，知道許多私房景點！」

看著蔚可可說到後來一副眉飛色舞又自信的模樣，秋冬語覺得閃閃發光的應該是對方才對。而從來沒有主動說想要去哪裡的她也忍不住心裡一動，慎重地點點頭。

「好。」秋冬語說。她記得胡十炎曾告訴過她，和朋友定下約定要打勾勾作爲承諾，「打勾？」

蔚可可露出大大的笑容，毫不猶豫地也伸出自己的小指，和秋冬語的勾纏在一起。

一刻看見這幕，在心中感歎這兩人的友誼眞是突飛猛進的同時，也發覺曲九江率先向湖岸走去。

曲九江同樣也不受眼前景象吸引。這裡的湖景再怎麼美麗，對他來說都毫無意義。既然不具備意義，爲什麼還要浪費時間多看幾眼？

見月光充足，曲九江手一揮，所有飄浮於林間的火焰驟然盡數熄滅。

「有感受到什麼不尋常的氣嗎？」一刻也走上前，視線落至那個顯眼的告示牌上。牌上寫了此處已發生多起溺斃意外，水深危險，禁止人再下水。

要不是曾聽過阮鳳娘提起，一刻也有些難以相信，這般美麗的湖泊居然已連奪了好幾條性命。

注意到曲九江的沉默就像在思索什麼，一刻立即警告：「你靠杯的要是再多扯什麼廢話，管你是不是老子的神使，我絕對揍你一拳。」

「……沒有。」曲九江終於吐出了簡潔的兩個字，但是他前面的停頓讓一刻不禁懷疑，對方該不會原本是眞的又打算組織某些辱人智商的句子。

「小白。」曲九江冷淡地說，「我又不是不知道你智商多少，起碼你比室友B強。」

此刻還在另一端的柯維安無端打了一個大噴嚏。

「靠么咧，說得你自己又多強的意思，別以爲我不知道你語通期中考差點被掛掉。」一刻不客氣地扔了一記鄙夷的眼神過去，然後很滿意地瞧見總是睥睨他人的半妖青年，瞬間掠過一絲狼狽。

當然，他不會透露這項情報是來自於楊百罌，也不會透露自己那科的期中考也是驚險地低空飛過。

「我們分頭調查一下吧，有問題就大叫一聲。」一刻不否認自己對於難得能堵得曲九江啞口無言而有一絲愉快，只不過當他一轉頭、想交代另外兩人時，撞入眼中的赫然是蔚可可驚慌失措的蒼白臉蛋。

幹！是發生什麼事了？緊張瞬間衝上一刻的心頭，可還來不及問，蔚可可已戰戰兢兢地開口了。

「爲……爲什麼你會知道我有一科差點被掛掉！」

「……啊？」

「我應該瞞得很好的啊！雖然成績單還沒寄來，但老師那時是跟我說再差一點，他又要看我一年了……」蔚可可慌得像要在原地轉圈圈，「天啊天啊，我就是怕消息走露到老哥那，才想說先溜出來和小語玩，免得等他知道了，我暑假也不用玩了……嗚呃呃！爲什麼宮一刻你知道啦！你已經像小染一樣無所不知了嗎？」

……不，他眞的什麼也不知道。面對眼前鬈髮女孩如倒豆子般地自曝祕密，一刻無力地抹了把臉。敢情蔚可可那丫頭只聽到他的後半句，就自顧自地搞出這場烏龍誤會嗎？

眼看蔚可可慌得直轉起圈子，一刻覺得自己望著都要頭昏眼花，他猛地伸手抓住對方纖細的肩頭。

「夠了！給老子停下、不准動！」一刻拿出強硬的高壓態度，頓時眞讓蔚可可反射性地一個口令一個動作，乖乖站好，不再直轉圈。

見對方聽命，一刻收回手，改手指比向蘿岩湖的其中一方，「妳，去那邊搜索，有不對就大叫。」接著手指再移向秋冬語，「至於妳，是另一邊。」

令人想到人偶的長髮女孩面無表情地點點頭，收回本想跟在蔚可可後方的腳步。

「對了，蔚可可。」一刻像是突然想到什麼，喊住還半愣神兒、下意識往被分派方向走去的蔚可可。

「哎？」蔚可可轉過頭，回過神地眼睛一亮，「宮一刻，你是要和我說你不會跟我哥打小報告是不是？我就知道你是好……」

「好妳個蛋。」一刻不客氣地打斷，拒絕再收好人卡。他一臉嚴肅地盯著蔚可可，異常認眞地說，「我只是要告訴妳，別拿我和蘇染做比較，那傢伙的無所不知壓根是神之等級了，老子望塵莫及。」

「宮一刻，你成語眞不錯，不愧是中文系的耶，以後一定能幫莉奈姊補習班的忙。」蔚可可眨巴著眼，照慣例地又在意錯重點。

一刻果斷放棄做出任何吐槽，這時候最明智的選擇就是各自幹各自該做的事。

「曲九江，那邊就交給你了，這一邊我負責……幹嘛？一臉奇怪的表情？」注意到身旁半妖青年若有所思地望著自己，一刻挑高眉，「你是便祕嗎？」

「我的神腦袋居然只能裝那些東西，眞是令人遺憾。」曲九江向來不是任人揉捏的性子，即使對方是自己的室友，還是和自己締結契約的神，他照樣扯開了冷笑，毒辣地反擊回去。不過也正因爲對方是叫「宮一刻」，他的反擊力道終究保留了幾分。

一見那雙黑瞳閃過險惡，曲九江即刻改變話題，帶開對方的心思，「你對她很不一樣？」

「啥？誰？」一刻果然被轉移了注意力，一頭霧水看著曲九江，不明白那個第三人稱是指哪一位。

「跟室友B的呱噪程度有得比的那位。」曲九江下巴往蔚可可離去的方向微抬了下，「換作是室友B或我，你倒是都直接動拳頭。小白，你對那女人感興趣？」

「趣你老木。你和柯維安要是女的，我也不會對你們動拳頭……操！明明是你們先惹人的好嗎？」一刻想也不想地回以一記大白眼，「我對蔚可可不是你想的那樣，她對我來說就像妹妹。雖然有時候吵了點，但妹妹就該好好照顧的不是嗎？你和楊百罌是雙胞胎，要是顛倒過來，換成你是哥哥，你應該也知道那種感受吧？」

拋下這句反問，一刻也不管曲九江還有沒有話要說，自顧自地往自己負責搜查的區域走。

曲九江佇立原地，思索著一刻的話，腦海中浮現楊百罌的身影。

褐髮女孩冷著艷麗的臉蛋，美眸凌厲。

——換成你是哥哥，你應該也知道那種感受吧？

「……太難以理解了。」曲九江自言自語地說，隨後也邁開大步。

第六章

蘿岩湖面積不大，但也不是短時間內就能檢查個徹底的地方。

因此在一刻的一聲令下，包含他自己在內，四人分頭行動，各自負責一個區域。

蔚可可有點不明白具體上要找什麼，是要找出有哪裡不對勁嗎？那這樣的話，半夜仍燈火通明的青礦谷公園就已經夠不對勁了。

「唉唉……」蔚可可忍不住嘆氣，苦惱地東張西望，「那通詭異電話給的提示也太不明確了啦……來蘿岩湖找他們？既然叫人來，就該出現才是基本禮貌啊，但這裡怎麼看就是什麼東西也沒有嘛！」

除了上方的銀色月亮，除了色澤冰藍的湖泊，還有環繞成圓形的密集林木，此處還真的再不見他物。

「啊，不對，還要把我們四個也算進去。」蔚可可嘀咕，小心翼翼地沿著湖畔走。

蘿岩湖湖岸地勢呈現明顯的高地落差，有幾處較淺，輕易就能碰觸到湖水；幾處則偏高，陸地和湖面之間隔著一段高度。加上四周沒有欄杆豎立，若是一個不小心，墜入湖裡是很有可能發生的事。

蔚可可倒也不怕水，她來自擁有諸多湖泊的湖水鎮，諳水性、泳技也極佳，可是不代表她會想要無故弄濕自己。

更何況，蘿岩湖還立著「禁止下水」的告示牌，蔚可可是絕對不會無視這樣的警告，仗著會游泳就貿然下水。

「真想不懂電話裡的那幾個聲音到底是誰？到底要來蘿岩湖做什麼？」蔚可可習慣性地喃喃自語，看看湖泊，又看看岸上，還是一無所獲。

蘿岩湖看似清澈，不過蔚可可卻也注意到湖水更下層是凝著深邃的幽藍色，讓人無法輕易看透，那表示湖泊的實際深度比想像中來得深。

「這地方會發生溺水意外，應該就是被深淺落差給騙了吧。加上水溫又低的話，沒好好注意很容易抽筋……但都立告示牌了，怎還會有人想冒險嘗試……啊啊，還是找不到不對勁啦！」蔚可可終於沉不住氣地哀叫，她的聲音頓時引來其他人的注意力。

離得近的一刻和秋冬語雙雙抬頭看來，離得遠遠的曲九江則是冷漠地掃來一眼，又無動於衷地收回。半妖的耳力極佳，他聽得出蔚可可只是在發出無意義的喊叫而已，那與他無關。

「蔚可可？」一刻拉高嗓子問道。

秋冬語手上已經握緊她那神出鬼沒的蕾絲洋傘，像隨時要閃掠過來。

「不是，真的沒什麼事！」蔚可可急忙舉手，比出一個X，以免兩名朋友真的誤會。隨即她靈光一閃，立刻高聲叫道：「我這裡沒找到什麼，我去樹林裡找找好不好？那林子也算在蘿岩湖的範圍內吧？說不定會有什麼發現！」

一刻皺眉，但仍是點頭答應，畢竟蔚可可說的也沒錯。

思及樹林裡一片幽黑深暗，一刻正打算向曲九江借幾盞妖火，蔚可可卻像已猜到他的心思，雙手圈在嘴邊再次喊道：

「我一個人可以的！照明我可以用這個！」

語畢，蔚可可舉高右手臂，中指指尖至手背瞬間攀繞淡綠色光紋。隨著光紋如植物枝蔓般伸綻完畢，她的五指也已握住一把平空成形的碧綠長弓。

弓身同樣有花紋繚繞的長弓散發出瑩亮光芒，在黑夜中無異成了另類的照明工具。

見一刻等人不再有異議，蔚可可笑咪咪地擺出個敬禮的手勢，一溜煙地轉身鑽進黑漆漆的樹林內。

雖說之前來時並沒有察覺什麼異狀，蔚可可還是謹慎地巡視四周，避開那些垂落的藤蔓。除了踩在叢生蔓草上的沙沙聲外，樹林裡是全然的死寂，屬於夜間的蟲鳴鳥叫消失得無影無蹤。

然而也正因爲如此，一旦出現了其他聲響，登時變得無比清晰。

蔚可可聽見了，她一愣，瞬間眼神一凜。

那是一陣倉促慌亂的奔跑聲。

誰？還有誰進入這樹林來了？

不假思索，蔚可可動作飛快地改躍上鄰近的一棵大樹上。將粗壯的樹枝當作另一條行走的道路，她輕盈地在上頭縱跳，碧弓的光芒也減弱。

枝葉遮蔽下，只要底下的人不抬頭仔細觀察，就不會發現到樹上的異狀。

蔚可可放輕呼吸，一路尋覓著那陣腳步聲而去。在神紋的催動下，她的視力就算在夜間也不受阻礙，能看見下方動靜。

接著，蔚可可聽見了哽咽聲，以及……

「有沒有人……有沒有人在啊！」少女宛如在哭喊，「這裡好黑！誰來幫幫我！」

蔚可可震驚，她認得出那聲音。她趕緊加快速度，再往下探看，一名長直髮少女抱著肩、害怕無比地環視周圍，像是不知道該不該繼續往前走。

她是……蔚可可驚訝極了，對方竟然是應當和柯維安等人一塊行動的三名高中生之一。

她記得對方的名字是……對了，莊千凌！

爲什麼她會跑來這裡？那女孩不是去妖狐部落了嗎？

蔚可可無論怎麼想仍想不明白，最後決定當面弄清楚更快。她沒有冒失地跳下，而是另外找了一棵離莊千凌有一小段距離的樹木當作躍落點，手中長弓也不忘抹化爲光點，沒入手背上的神紋內。

無聲無息地落下地面後，蔚可可馬上直起身子，改拿出手機開啓手電筒功能，腳下也特意踩出響亮的音響，果然引得莊千凌受驚般猛一轉頭。

「誰！誰在那裡！」莊千凌有如驚弓之鳥地大叫，當看清來人赫然是蔚可可後，那張清秀臉蛋瞬間流露出再明顯不過的放鬆。她捉著領口，大大喘了口氣，眼眶還是泛紅的，但臉上是驚喜加交的表情。

「妳是……莊千凌？爲什麼妳在這裡？」蔚可可舉起手機，明亮的燈光照向莊千凌身後，「只有妳一個人？小安他們呢？」

「小安……？」莊千凌茫然地反問，緊接著回想起那名娃娃臉的男孩似乎就叫柯維安。再接著，她彷彿想到什麼，尖促地倒抽一口氣，眼眶中湧出淚珠。

「我不知道……我不知道其他人去哪了……我在半路不小心和他們分散，山裡好黑，我不曉得要往哪個方向走才對……然、然後，我又想到你們會到青礦谷公園，那個什麼湖的就在公園裡面對吧？幸好我沒有賭錯，我眞的……」

莊千凌眼中燃起激動的光芒，她迫不及待地往前踏出步伐。然而似乎是因爲驟然放鬆的關係，剛踏出一步，整個人竟像突然被抽光力氣，雙腿一軟，膝蓋就要重重撞在地面上。

「小心！」蔚可可一個箭步衝上，及時使勁攙住對方。

即使對莊千凌做出的事感到氣憤，可是現下一見到對方虛弱又飽受驚嚇的模樣，蔚可可不由自主地湧上滿滿的同情，也不再去計較了。

再怎麼說，對方畢竟年紀比自個兒小，又獨自一人找來青礦谷公園，恐怕已經嚇壞了。

「妳還走得動嗎？蘿岩湖就在前面，那裡月光很亮，妳可以到那再好好休息。」蔚可可關切地問。

「我……我還可以……」莊千凌囁嚅地點點頭。

確定莊千凌眞的有辦法穩住再跨出步伐，蔚可可這才鬆開手，引領著對方往前面走。

「……是的，我們還可以。」莊千凌以細微的音量呢喃著說，在蔚可可看不見的角度，她皮膚刹那間染成灰白，臉上也露出歪斜的笑容。

「什麼？妳剛有說話嗎？」蔚可可困惑地回過頭，在見到蒼白著臉的長髮少女緊張地搖搖頭，像因她的問句而生起不安，她撓撓臉頰，以爲眞是自己聽錯了。

蔚可可帶著莊千凌不到半晌便鑽出樹林，她的出現馬上引來一刻他們的視線。

待一瞧見那名鬈髮女孩的身後居然無端多了一抹人影，一刻愕然，立即中止搜查工作，和秋冬語快步跑近。

「妳……」看清蔚可可竟帶回一名戴著無鏡片眼鏡的長直髮少女，一刻眉頭猛地擰起。他對對方的打扮有印象，可卻想不起來是叫什麼名字。

那三名高中生當中的兩個女孩實在太像了，相似的打扮、相同的髮型，還有簡直像複製出的個性和說話方式。在一刻看來，她們就像是缺少自我特色的量產型人偶，令人難以分辨出誰是誰。

但莊千凌卻誤以為那名目光凶惡的白髮男孩是要斥罵自己，她驚恐地往後退，臉蛋更是失去血色。

「莊千凌……為何會在此處？」秋冬語眼眸漆黑無波，宛如玻璃珠般倒映出畏縮害怕的少女身影。

「她說她和小安他們不小心走散了，不敢再往山裡走，於是就想來青礦谷公園碰碰運氣，看能不能找到我們。」知道同伴們的疑惑，蔚可可代莊千凌解釋道：「放她一個人也不行，就讓她和我們待一塊吧？」

一刻沉默，腦海中飛速掠過柯維安的臨別警告。

——這個地方有瘴異，卻不知道是躲匿在誰的身上。

柯維安是懷疑另一群人都可能有嫌疑，才特意和他們共同行動，而莊千凌也是嫌疑人之一。

「宮一刻？」蔚可可不解一刻對方為什麼不說話。

莊千凌見狀，則是不禁慌亂起來。

「難道說、難道說……你要叫我想辦法再走回去嗎？」莊千凌煞白著臉，不敢置信、結結巴巴地嚷，「你不能這樣做！我明明好不容易……我……你們不能丟下我不管！」

「我比較好奇，爲什麼我們不能？」低沉的嗓音冷不防落下。

莊千凌差點尖叫，她瞠大眼，恐懼地看著神不知、鬼不覺佇立在一旁的紅髮青年。她認得那張好看的臉，可是那人不該是棕褐色的頭髮嗎？爲什麼現在卻是一頭如火焰鮮紅的長髮？

而且……而且他的眼睛……人類的眼睛絕對不可能是銀色的！

發現莊千凌驚駭地像要尖叫出聲，一刻當下厲聲喝道：「閉嘴！」

少女極力忍住險些奪眶而出的淚水，害怕地用雙手緊摀住嘴巴，吞下已來到嘴邊的嗚咽。

那名青年讓她覺得可怕，可是她更怕的是被拋下不管。

「聞不出可疑的地方。」曲九江無視懼怕萬分的莊千凌，別過臉，對一刻說道。

一刻原本想咒罵自家神使的猝然靠近，可一聽見對方如此說，他抿直唇，又盯視了莊千凌好一會兒。

在那名少女的心口前，他並沒有看見欲線的存在，也感受不到瘴異的丁點妖氣，就連對妖氣格外敏銳的曲九江也那麼說了……

「別多問不必要的問題，自己找個地方待著別亂跑。」一刻的這番警告無疑是同意了莊千凌能夠留下。

莊千凌眼中頓時綻放狂喜，忙不迭地大力點頭。像是要證明自己會盡力配合一切，她迅速找了一處坐下，目光也控制得不敢多瞄向髮色、眼色異變的曲九江。

「蔚可可，多留意她。」一刻說。

「咦？好，沒問題的！」蔚可可拍胸口保證，「儘管放一百顆心吧，人家可是……」

「差點被當掉的美少女。」一刻受不了地接下話。

蔚可可登時惱怒地漲紅臉，氣急敗壞地直跺腳，偏偏還真找不出話來反駁，最後乾脆對一刻的背影大吐舌頭。

「太可惡了啦，宮一刻！」蔚可可皺皺可愛的臉，又大力跺了一下地面，這才解氣地回到自己的工作上。她還記得要找出蘿岩湖的不對勁之處，只是方才因爲莊千凌的出現而中斷。想到莊千凌，蔚可可確認地再望向那名少女，卻驚見對方居然打算靠近湖泊。

「等等，那湖很深的，別隨便靠近！」蔚可可急忙拉住莊千凌的手臂，阻止她的貿然行爲，「宮一刻不是要妳好好待在那的嗎？」

「但、但是……」莊千凌緊張地快速眨了幾次眼，「我想說我也可以……也可以幫忙……那通電話是叫我們到蘿岩湖，現在我們到了……我看你們好像在檢查什麼，所以是要看湖裡有什麼奇怪的東西嗎？」

「哎？是沒錯……」蔚可可被後段的問句轉移了焦點，以至於無暇細思莊千凌明明是獨自一人，爲何使用的代稱卻會是複數型式的？

「那就讓我也幫忙，除非……妳還記恨之前的事嗎？可是我們又不是故意要闖進妳們的房間！我們只是高中生，妳連原諒的機會也不給我們嗎？」莊千凌微紅了眼眶，像是委屈又像是不平地瞪著蔚可可，「這樣未免也太不公平了！」

「等一下，不是……」蔚可可向來不擅應付這些彎彎繞繞的質問，一時不曉得該怎麼回答才好。

沒想到莊千凌抓準這個空隙，如同急著表現自己，快步越過蔚可可，朝湖岸衝了過去。

然而下一秒，只聽到莊千凌發出驚惶的抽氣聲，整個人向後跌坐。

蔚可可大驚，馬上跑上前、蹲下身，扶著莊千凌的臂膀。

「怎麼了？發生什麼事了？」蔚可可一邊緊張地問，一邊飛快巡視莊千凌全身上下，確定她並無大礙後，再抬頭向察覺動靜投來目光的一刻與秋冬語做了個無事的手勢。

「我……」莊千凌臉蛋失去血色，眸子裡滿是驚魂未定，彷彿見到什麼可怕的事物，「我剛在水裡見到……見到有人在看著我，有張臉在看著我！」

「臉？」蔚可可沒料到會聽見這個驚人的答案，大吃一驚，忍不住轉頭盯向無波的湖面。

先前的搜查中，她很確定湖裡沒出現半點異樣，但是莊千凌的畏懼也不像作假。

想到這裡，蔚可可決定再探查究竟。她放開莊千凌的手，自己上前觀望。

由於此處地勢偏高，湖岸與湖面隔了近一個人的高度，如果不站得近一些，不易看清下方湖水的動靜。

蔚可可謹慎地估量距離，彎著腰，睜大眼仔細凝望。可是冰藍色的湖水中什麼也沒有，更遑論莊千凌口中說的人臉了。

「沒有啊，妳會不會是看錯了？」蔚可可納悶地繼續盯著水面。

「有，絕對有！妳再看仔細一點，妳難不成認爲我還在說謊嗎？」莊千凌固執地大叫，像是不滿自己的話遭到質疑，「我沒有騙人，我才沒有騙人！」

「但我眞的什麼也沒看到……」蔚可可半信半疑地又往前傾出身子，以免自己眞的看漏什麼細處。

注意力全放在蘿岩湖的蔚可可全然沒有發現到，後方的莊千凌已站直身體，而且正向她一步步靠近。

一刻剛好抬頭望見了那一幕，他一開始沒想通莊千凌想做什麼，但就在下一秒，他瞳孔遽然收縮，看見莊千凌伸出雙手——

「蔚可可，小心！」驚駭與不敢置信衝上一刻心頭，他放聲大吼，吼聲同時與另一道聲音疊合在一起。

「可可！」秋冬語也看到了，看見莊千凌的雙手正朝著蔚可可後背推去。

秋冬語的腦海倏地變得一片空白，她無法多作思考，只知道拚了命地往前奔跑。

蔚可可聽見那兩道喊聲了，反射性扭過頭，卻連含在舌尖的「什麼？」都還沒來得及脫出口，睜大的眼眸裡只映滿少女惡毒又歪斜的笑臉。

「下去陪我……陪我們！」莊千凌大笑，那聲音聽起來就像有好幾個人一併嘶吼，然後她的雙手毫不猶豫地向蔚可可用力一推。

蔚可可往蘿岩湖的方向跌下去了。

「蔚可可！」

「可可！」

「可可！」

「小可！」

多道焦灼的驚叫幾乎在同一時間劃破黑夜。

在那些叫喊聲中，一道龐然紅影如烈火般自林中飛也似地掠出。那赫然是頭毛色暗紅、擁有著兩條長長尾巴的金眼紅狐！

未等紅狐煞住腳步，一抹人影已迅雷不及掩耳地從上躍下，雙手急急拈訣，黑光乍閃，一條通體透黑的長繩狀似靈蛇地疾射而出，剎那間纏捲住蔚可可的手腕。射出黑繩的金褐髮男子立刻使勁向後拽拉。

蔚可可甚至都還沒會意過來發生什麼事，只感覺手腕一痛，隨即整個人被往上一帶。等她回過神時，背後撞上了一個軟硬適中的物體，雖然傳來疼痛，卻沒有想像中嚴重。

「咦？什麼？」蔚可可這次是真的暈乎乎地喊出來了，回應她的則是一陣虛弱的呻吟。

「幸好救援成功……咳咳咳……」

那聲音是從蔚可可底下傳來的，而且聽起來格外耳熟。她一怔，下意識轉過臉，正好直直對上另一雙大眼睛。

兩雙眼睛對視數秒，蔚可可終於慢一拍地反應過來，有人被她壓在身下當作墊背，那人還是柯維安。

「哇啊，小安！」蔚可可慌慌張張地連忙跳起，那名娃娃臉男孩看起來要被她壓得岔氣了。卻沒想到她的動作太急促，腳下竟大意一絆，頓時再度失去平衡往下摔跌。

眼看這一摔，真的會將柯維安壓得沒氣，蔚可可惶恐地閉上眼，不敢面對接下來的發展。

一隻大手猛地抓拎住蔚可可的後領。

「給老子站穩……靠，心臟差點被妳嚇出毛病！」

咬牙切齒的斥罵落下，接著蔚可可感覺到自己像被人拎小雞般地拎直，然後她的雙腳終於

好好站在地上，衣領也被放開。

蔚可可掀開一隻眼，再掀開另一隻，瞧見臉色發青的一刻怒瞪著自己，像是恨不得再狠狠臭罵她一頓。

蔚可可心虛地移開視線，知道這回是自己理虧。對方都特地交代她要多留意莊千凌了，她卻還是沒有多加防備，才會大意地被人從後推下去。

對了，莊千凌！

猛然想起那個像徹底轉了心性、露出扭曲笑容的少女，蔚可可急忙搜尋對方的影子，可下一秒她先被另一抹人影擁抱住。

「可可，幸好……沒事。」秋冬語大力環抱住蔚可可的背，一會又拉開距離，烏黑的眸子瞬也不瞬地凝望。即使白瓷般的臉蛋上不見表情，眸裡的情緒湧動卻是最眞實的。

「小語，對不起，讓妳擔心了。」蔚可可低下頭，愈發覺得過意不去。

「心臟……好像要跳出來。這，是擔心嗎？」秋冬語拉著蔚可可的手指，按上自己的心口處，「奇怪的感受，可是，不想要再有。」

「雖然那種感覺不好受，不過是擔心沒錯唷……是說，要是有人可以順便擔心還躺在地上的我就更好了。嚶嚶，小白啊，小白白白啊……」哀怨的呼喚從地上傳來，伴隨的還有柯維安的淚眼攻勢。

「白你去死啦，你叫魂嗎？」一刻沒好氣地啐了一聲，手還是向柯維安伸了出去。

「幸好各位皆安然無事。」璀月的聲音也加入。

蔚可可的視線越過秋冬語，望見一頭暗紅色的二尾妖狐在火焰湧燃中轉眼化為人形，正是紅髮金瞳的威凜少女。

恢復為人形的璀月走上前，朝一刻等人抱拳行了禮，英氣的眉眼中是真摯的關切：「可可小姐，妳沒受傷真是太好了。」

「原來璀月妳是二尾……等等，妳是喊我小姐？」蔚可可忽地一愣，她放開抓著秋冬語的手，環視身旁眾人一圈，然後怔怔地投望向另一方。

在她剛才跌下的湖岸處，黑令堵住了莊千凌的去路。後者一臉驚慌失措，不見先前的扭曲笑意，彷彿那只是幻覺一場。

不對，那不是幻覺。蔚可可還記得那時令人發毛的深刻惡意，她深吸一口氣，再望向此刻漫不經心走來的曲九江。

那名半妖青年明顯對稍早發生的事無動於衷。

蔚可可很肯定曲九江不會喊她的名字，剛剛的那些大叫聲中，沒有一道聲音是屬於他的。

可在那時，她聽見了四個人的聲音。

連名帶姓喊她的是宮一刻，喊她網路暱稱的是柯維安；而會叫她「可可」的人，除了秋冬語之外……這個地方，還會有誰？

蔚可可茫然的視線最後回到黑令身上。那名男子的確曾問過，能不能直接喊她「可可」。可是才初認識的人，會用那種心急如焚的語氣，彷彿自己是他的重要朋友……

蔚可可越想越糊塗，她想不透這當中的前因後果。倏地她用雙手猛拍一下臉頰，強迫自己凝聚精神，眼下更重要的是莊千凌。

爲什麼那名少女會想把自己推下湖？

又爲什麼，黑令會警戒地面對那名少女？就好像……那是一名敵人！

蔚可可心中的疑惑也正是一刻所想的。

一刻瞇著眼，銳利地打量被堵得無路可逃的莊千凌。他不至於看不出來，那名長直髮的小鬼有問題。

「柯維安、瓏月。」一刻低聲問，「到底怎麼回事？」

「是的，莊千凌她……」瓏月甫開口，一旁的柯維安冷不防打斷。

「先等等。」柯維安舉手攔在一刻前方，娃娃臉上還是一貫的從容，唇角也掛著微笑。只是從笑意未達眼裡的情況來看，他其實也處於戒備狀態。「小白，我們先看黑令怎麼處理。總之，莊千凌絕不是什麼單純的高中生，她……不對！這裡就只有她一個人嗎？許明耀和紀晴兒不在？」

剛才的注意力都放在蔚可可遇危的情勢上，柯維安到現在才慢一拍地發現，這地方居然僅有莊千凌一人的身影。

望著那名面帶惶恐、完全就像受到驚嚇的尋常人的長直髮少女，柯維安不禁愕然。

那三個高中生是同時竄逃的，可現在為何只剩下莊千凌？另外兩人又逃藏往何處了？

「就只有莊千凌一個人呢，我是在後面樹林裡發現她的。」蔚可可插嘴道，「她說她半路和你們走散，又不知山裡要怎麼走，所以才跑來青礦谷公園找我們。小安，莊千凌……有什麼不對嗎？」

「不對？她可是大大的不對啊。」柯維安抓著背包肩帶，自裡面拿出筆電，夾在臂彎下，一雙大眼睛直勾勾地盯著前方的莊千凌，「她所謂的半路走散……我都不曉得靜修之地原來也叫半路，那可是起碼要花半小時路程的地方呢。」

半小時？一刻和蔚可可登時一愣，他們不至於聽不出來那是什麼意思。光去程就要半小時的話，身分為普通人的莊千凌，有可能在那麼短的時間就趕到青礦谷公園、趕到蘿岩湖嗎？

不可能！

「你胡說！」也聽見柯維安話語的莊千凌頓時變了臉色，一手揪緊衣領，尖聲地喊：「你是故意抹黑我……你們只是故意針對我的！我明明什麼也沒做……什麼也沒做……我只是……我們只是想找更多人來陪我們啊！」

柔弱的少女嗓音猝然成了粗啞的咆哮，如同一張嘴巴裡同時發出數人的聲音。

「所以堯天也可以！堯天你也過來陪我們——陪我們飽受冰冷的痛苦！」

駭人的咆吼砸入空氣，莊千凌原本的驚惶表情瞬退，清秀臉蛋扭曲成猙獰，皮膚隱現灰白。

她迅速衝向黑令，一頭滑順的黑髮轉爲糾結濕漉，不停滴著水，像是深幽水草般伸展開來，張牙舞爪地就要纏捲上黑令的雙腕。

黑令動作也快，「踏六道，見八識！」

數張漆黑符紙轉瞬射出，有如受到無形絲線的支撐，停浮在黑令身側。

然而未等黑令將最後的咒語吐出，說時遲、那時快，一團緋紅烈焰平空燃現，不偏不倚正好直衝莊千凌無防備的臉面。

那火焰不但燒灼上了莊千凌的臉，還沾附上那頭狀似水草的濕漉長髮。水氣霎時被蒸乾，火焰凶猛地順著髮絲攀沿而上。

「啊啊啊啊啊！」莊千凌爆出駭人慘叫，聽起來更像數人一起慘號。

她拚命揮著手，腳步急退，像是想揮撥開那些令她痛苦的火焰。她退得太急太快，甚至無暇留意後方狀況，烈火焚燒的劇痛已經奪走她所有注意力。

下一剎那，莊千凌的腳下一空。她瞪大著眼，彷彿不曉得發生何事，那具著火的身軀已向下跌墜。

受到紅火焚燒的身影就這樣跌入湖裡，最後消逝在一刻等人視野中不斷揮抓的手臂，不知是想要求救或是拍滅火焰。

「這樣不是更快嗎？我想不明白你們爲什麼慢吞吞的，小白？」與湖岸及眾人隔著一段距離的曲九江淡淡說，漫不經心地握熄還在掌中躍動的緋紅色火焰。在場也唯有他會用如此不留情的方式對待女孩子。

「幹！」一刻無視那拋來的疑問，見到莊千凌在自己眼前墜入湖裡，也不管對方是妖是人，他幾乎反射性想上前抓住人。

「小白，等等！」但是柯維安霍地抓住一刻的一隻手臂，阻止他的行動。從眼角瞄見蔚可可似乎也是相同反應，柯維安立即再喊道：「小可也等等！」

「什……可、可是她掉下去了！」蔚可可緊張地叫道：「那個女孩子掉到湖裡，我們不是應該……」

「可可，毋須……爲那人擔憂。」一隻柔軟的手掌搭上蔚可可的肩頭，纖白的手指卻含帶制止的勁道。秋冬語平淡的嗓音在夜間聽起來格外冷澈，也格外能讓蔚可可冷靜下來，「人類，不可能以那種方式說話。」

「咦……」蔚可可張大眼，驀然想起莊千凌前一秒的嘶吼。而且對方用的是複數代稱，就連在樹林裡也是，她不是稱「我」，而是——「我們」。

她說「我們」……難不成，她的身上還有其他人？

下一秒，黑令的喊聲傳來。

「宮同學，快到湖邊！」

話聲驟落，黑令自己也幾個大步躍至地勢較低的湖岸上。

一刻等人迅速趕至，只不過當他們一瞧清先前莊千凌墜湖的位置後，錯愕隨即湧上心頭。

清冽冰藍的湖面上，赫然空無一人。

莊千凌就像直沉湖底，不見其蹤，平靜無波的蘿岩湖彷彿什麼事也不曾發生。

「怎麼……」一刻的驚疑尚未完全脫口，湖中突生動靜。

前一秒像鏡子光滑的湖面，此時竟生漣漪。明明四下無風，可是那漣漪是一圈圈擴大，波動也越漸劇烈。

緊接著，所有人都看見湖水深處有什麼急速浮出。

「嘩啦」一聲，一具背朝上、臉面浸泡在水裡的身子，微呈弓形地漂浮在湖面上。

蔚可可摀著嘴，倒抽一口氣。就算沒瞧見臉，但那身衣飾正是莊千凌所有。

「她……她……」蔚可可看著那具動也不動的身軀，語氣微顫。

「她沒有死。」柯維安神情平靜地直視蘿岩湖，隨後唇角慢慢扯開些許弧度，那不是他平常會有的笑，那是冷笑！「死人又怎麼會再死一次，對吧，莊千凌？」

死人!?

隨著那兩字溢出，一刻與蔚可可只覺平地上起了一個霹靂，轟得他們震驚不已、措手不及。

柯維安說死人……誰死了？死的人是誰？

「柯維安，你說她死……可瓏月和黑令不都說過，岩蘿鄉不可能有人魂的嗎？」一刻記得很清楚，這地方因爲有幽燼之門——妖族鬼門的存在，所以凡是人類在這喪命，魂魄一律會遭到結界彈離，無法留下。

「我也不曉得爲什麼。但是小白，我很肯定莊千凌他們不是人，是亡魂。」柯維安堅定地說，「他們三個人早就死了。阮鳳娘小姐今日所說的『數天前又有幾名不聽勸的年輕人丟了性命』，指的就是莊千凌、紀晴兒和許明耀。所以他們不值得你爲他們生氣、動怒，蠢得找死的人，一點都不值得！」

柯維安最後一句嚴厲地喊，眼神裡燃著異樣的火焰，宛若激烈的情感交織在一起，迸發出了熱度和光芒。

認識柯維安至今，一刻是第一次見到他露出這種表情。

那名頂著鬈翹亂髮的娃娃臉男孩，總是精神充沛、開朗又樂天。

一刻沒想過，原來柯維安也有這不爲人知的一面。

而就在柯維安的厲喝砸入夜間的下一剎那，本來只是毫無動靜漂浮在湖面上的身子猛地劇烈一動，旋即直挺起來，形成下半身仍浸泡在湖中的姿勢，濕漉漉的長髮凌亂糾結，露出一張灰白色的臉。

那是莊千凌，卻也不是一刻等人所見過的莊千凌。

少女的皮膚就像煮過久的豬肉，失去彈性、呈現灰白，上頭還隱隱有著細碎的無數黑點，乍看之下竟像小蟲在她皮膚底下飛竄。

誰也沒注意到，在見到這幕景象後，黑令的瞳底閃過一抹凌厲與恍然。

「爲什麼不救我們？」莊千凌仰起臉，眼珠也是灰白的顏色。她口中吐出多人的聲音，有男有女，也有她自己。「我們明明掉進水裡了……爲什麼不救救我們！」

多人疊合的聲音倏然拔得淒厲，隨後竟又分成數人各自說話。

「好過分、好過分，我的腿好痛，我的腿抽筋了……你們應該要更快一點來救我的！你們是我的好朋友吧？卻居然害我淹死了……都是你們的錯！」啜泣聲轉成濃烈怨恨，這是莊千凌。

「是千凌不好，老子都游過去要救她了，可是她竟然死死抓著我不放！她抓得那麼緊，老子當然要用力踹開她啊，否則不是連我都要送命了嗎？」咬牙切齒咒罵的是許明耀，「可是、可是，她該死抓太緊了啊！」

「我……我什麼都不知道，我什麼錯也沒有，但是明耀卻死命地將也在湖裡的我抓住……我只是想趕緊游上岸……」最後是紀晴兒哭得抽抽噎噎的聲音，「他們兩個自己溺水就算了，卻把我也拖下水……這才是眞正最過分的！你們自己死就好，幹嘛要拖著我一起死！」

「胡說、胡說，過分的是見死不救、只顧自己逃的妳！明明那麼會游泳。」

「紀晴兒妳是個爛咖！也不想想平時是誰在罩妳！」

「我沒錯！所以我說我什麼都沒做，我只是跟著你們一起到湖裡游泳而已！」

原本各自發出的男女聲突然間全混成一團，莊千凌、許明耀、紀晴兒彼此爭先恐後地嘶喊、咒罵、尖叫。

那是一幅極爲怪異的景象，明明浮浸在湖中的唯獨莊千凌一人，但她的嘴巴和體內卻同時發出不同聲音，不停地控訴對方的不是。

接著，莊千凌的身上逐漸浮現其他人的影子，就像產生了多重疊影。

即使是模糊、半透明的，岸上的一刻等人仍看得清楚，那些影子正是許明耀和紀晴兒。

他們三人似乎共同依附在一具軀體上。

「我知道他們是無視告示牌警告溺水而死的，可我沒想到，眞正緣由竟是如此的……」柯維安抱著筆電喃喃地說，最後的評論他含在嘴裡，沒有確切吐出。

然而一刻能猜得出來，那不外乎是「愚蠢」或「荒謬」。

事實上，他也這麼覺得，甚至感到深深的不敢置信。

莊千凌因為腳抽筋溺水，將原本要救她的許明耀當作浮木，死命地抓著不肯放；許明耀害怕自己也溺水，想踹開莊千凌，卻依舊掙不開對方的力道，於是改抓住急著上岸的紀晴兒，不願見她獨自獲救；紀晴兒見朋友溺水，即使水性極佳，卻一心只想自己先逃離，不設法援救。

「這他X的是什麼鬼理由……」一刻愕然低語，同時也感到一股寒意爬上背脊。

不想只有自己死，於是無論如何都要拖著別人一起？

不想自己受到牽連，寧願見死不救？

「怎麼能這麼做……他們不是朋友嗎？」蔚可可怔然地說，大睜的眸裡倒映出湖裡驚異的景象。

「朋友？他們根本是靠杯的腦袋有洞吧！」一刻的低語轉成嚴厲的暴喝。

就是這聲喊喝，瞬間讓湖中的針鋒相對化為靜止。

少女與另外兩抹疊影的雙眼猛地瞪視過來。

「他說……」

「他怎麼敢……」

「他居然……」

「錯的應該是這座湖……既然不讓人下去，就該把整座湖都封起來才對！」

分不清是莊千凌、許明耀或是紀晴兒在歇斯底里地尖叫。

然後那陣尖叫聲中，有人開口了。

柯維安踏上前一步，他笑咪咪地、一字一字地說：

「錯的不該是白白找死的人嗎？我啊，最痛恨這種人。當初不看重生命，又有什麼資格事後再來後悔呢？別笑死人了。」

第七章

那是一番含帶笑意、字字句句卻又冷酷得不可思議的話語。

一刻第一次見到柯維安如此說話，忍不住多望了那名娃娃臉男孩一眼，沒想到就在這刹那——

湖中身影彷彿被徹底激怒地爆出戾嘯。

不同於先前的尖叫，而是有如撼動整座蘿岩湖的恐怖聲音。

「啊啊啊啊啊啊啊！不能原諒！他指責我們，他一點也不體諒我們！可惡、該死、該死的——」

粗礪的嘯聲刮痛在場眾人耳膜，讓人下意識要摀住雙耳。

只不過一刻等人卻無暇這麼做，隨著戾嘯劃開黑夜，蘿岩湖也被震晃出一圈又一圈的猛烈漣漪。

漣漪越擴越大，轉眼擴及整片湖面。

蘿岩湖是真的被撼動了，下一瞬間，大量黑色從湖水深處漫淹而出，飛也似地衝出湖面，連帶發出沉重的破水聲。

一刻臉色登時變了。

「幹幹幹！全部快往後退！」一刻大吼。

自湖裡蜂擁而上的不是什麼駭人怪物。說實在的，一刻還寧願面對什麼怪物，畢竟他大可以一拳狠揍過去或是一針揮出。然而當他面對的是數也數不清、簡直像侵佔了整座湖的黑色頭髮時，那可真是讓人笑不出來。

是的，頭髮。

無數黑色髮絲糾結纏繞，既像蛛絲又像水草，還散發出接近腐敗的惡臭。

那難聞的氣味大大破壞了湖邊的清冽空氣，原本美好的蘿岩湖湖景立刻被破壞殆盡。

黑色髮絲不光是衝出湖面，還迅速竄爬上岸。它們就像是浪潮或是某種擁有意志的詭異生物，短短時間內已淹覆湖岸邊緣，石塊與沙礫瞬間就被沉重的黑暗取代。

假使不是一刻等人退得及時，那些糾纏的髮絲恐怕就會縛上他們雙足，進而攀爬上他們全身。

但是一刻他們後退，不代表那些髮絲就會停止進逼。

一瞧見岸上的眾人閃避，湖中少女身影馬上再憤怒一嘯，尖銳的音波如同無形的武器，再次衝擊向一刻等人，迫使他們停滯腳步。

與此同時，彷彿感受到湖中身影的怒意，遍布岸上的髮絲再起變化。它們大股大股地交纏在一起，原本分散的黑絲登時成爲堅韌的柱體，乍看之下，就像無數黑矛。

然後，爭先恐後地瞄準那七抹人影而去！

那是一波來自四面八方的大範圍攻擊，一刻等人被封截了閃避的去路。

面對這漫天攻擊，一刻狠厲了眼，左手無名指閃現橘紋，如劍長的白針轉瞬間就被抓握在他的手中。

毫無猶豫與遲疑，白針揮劈而出，巨大的月牙形白痕筆直衝往前方，接連削斷無數黑矛。

同一時間，其他人也不遑多讓地各自展開反擊。

瓏月瞳孔縮細，人形時總隱藏著的兩條暗紅狐尾展露在外，尾巴末端迅速生燃火焰，一顆顆火球隨著狐尾的飛甩砸向漆黑髮絲。

縱然那些髮絲猶泛水氣，可火焰一旦落下，仍肆虐燃燒，焦黑味立時傳了出來。

以火焰作爲攻擊的不只有瓏月，還有曲九江及黑令。

曲九江指尖閃動紅光，旋即緋紅烈焰狂肆噴湧，奪目的火焰就像飛速的箭雨，前仆後繼地灑射在黑色髮絲上，轉眼間又引起一波波紅蓮綻放。

雖然不若瓏月及曲九江天生就能操縱火焰，黑令的反應亦是極爲靈敏快速。

「破四雲，轉四燄，飛火瞬生！」

平空浮現的符紙自燃成碎火，然而當那些微小的火焰一沾上髮絲，霎時連綿成瘋狂大火，宛如瘋長的鮮紅藤蔓與黑色蜿蜒交錯一起，復而將之吞噬。

月夜下，湖岸上火光熾烈，燒焦的臭味不停蔓延開來。

相較於其他人的猛烈反擊，蔚可可的武器反倒難以在此發揮。她擅弓，可是在近距離下，面對的又是如靈蛇刁鑽的黑髮，她無法流暢地射出箭矢，只能抓著弓，使勁力氣朝逼近的粗大髮絲左右揮打。

「走開、走開……爲什麼頭髮也可以這麼噁心啦！還有可怕的味道！」蔚可可花容失色地哇哇大叫。

突然間，幾縷分散的黑絲神不知、鬼不覺地自另一方接近蔚可可，趁她未察之際，冷不防捲上她的腳踝。

「哇啊！」突如其來的猛力拉扯，讓蔚可可來不及做出反應，身子頓時失去平衡，就要往下滑跌，即將被飛快拖入湖中。

說時遲、那時快，鋒利的氣流如刀般割來，迅雷不及掩耳地斬斷偷襲蔚可可的髮絲。搶在其餘黑絲攻來之前，原先像西洋劍揮來的粉色蕾絲洋傘立即張開，成爲一面堅固的保護盾牌，擋在蔚可可身前。

深切體會到驚險一瞬間的蔚可可喘口氣，仰頭對佇立在自己身旁的秋冬語露出感激的笑臉。

「太感謝妳了，小語！」

「不客氣……我會保護好可可。」裹著深暗斗篷的長髮女孩不明顯地點下頭，白瓷的臉蛋仍無太多表情，但一雙烏黑眼珠裡有著堅毅的光芒。

這時一聲大叫傳來。

「小可、小語，它們又來了！快全部退到我這邊來！小白你們也是！」

發出喊叫的人是柯維安，他剛才舞動自己的毛筆，利用濺散的金墨阻止黑色髮絲的靠近。而現在，他似乎準備好什麼了。

一刻反手削斷一束刺來的黑髮，毫不猶豫朝柯維安的方向躍退，不忘順便一把拽扯過想無視那番大叫的曲九江。

「叫你過來就過來，要燒晚點再燒！」一刻五指驟然施勁，硬是將比自己高大的紅髮青年扔甩到後方去。

瓏月與黑令也迅速會合。

就在所有人都退至柯維安身後之際，先前纏綑著的髮絲竟又全數分散。它們密密麻麻地佔據湖岸，緊接著末梢不約而同地高高昂起，像是萬蛇盯住了柯維安等人。

饒是那些髮絲沒有眼睛的存在，依然令人感到不寒而慄，覺得自己就像被鎖定的獵物。

「一、二、三、四、五、六、七……」浸立在湖水中、外貌已難分男女的身影發出嘶啞笑聲。她的皮膚快速腫脹，身影也急遽拉大，灰白一路蔓延，上頭還沾附疑似苔蘚的褐綠色。奇異的瑩光點點從湖底飛鑽而來，繞著她盤旋不去。

乍看之下，那些光點宛如夜間鬼火。

「好多人、好多人，都來陪我們……但是，不要那個可恨的國中生！滿嘴大道理，我們要直接吃了你啊——」莊千凌、紀晴兒、許明耀的聲音一併咆哮。

靜立不動的上千萬黑絲也在這瞬間發狂鑽射。

眼見那波黑壓壓的攻擊疾速逼近，柯維安深吸一口氣，等身高的巨大毛筆瞬間旋舞，於半空中揮劃出數抹金艷色彩。

「全部人都別離開我！我行的、我可以的，這次絕對……沒問題！」娃娃臉男孩霍然高喊，染著金墨的毛筆也在半空完成最後一筆。

數道零散的筆畫一口氣接連起來，就在黑色衝來的前一秒，四道金壁猛然拔地而起，前後左右形成高聳的完美屏障。

漆黑的髮絲全數衝撞上那泛著光芒的障壁，金光倏然大閃，吞噬了髮絲的末端，隨即便是燒灼般的滋滋聲不斷溢出。

「啊！那是什麼！那該死的是什麼——」湖中怪物不敢相信地號叫。她想要再驅使更多黑髮上前，可是那宛若懷著意志的髮絲，卻像受了莫大驚嚇，爭先恐後地往湖水方向飛速退後。

前一秒還佔據湖岸的黑色浪潮，這時幾乎退得一乾二淨，還原出沙礫石塊的顏色。

莊千凌——或者說紀晴兒、許明耀，粗重地喘著氣，灰敗的眼珠憎恨地瞪著那在夜間大放光芒的四方障壁。

金色光牆圍住了一刻等人，成功阻隔了任何想針對他們的外在攻擊。

而只要再一細看，就會發現那原來不是單純的光牆，而是由許多金色古字串連組成。

「呼……」柯維安毛筆拄地，大口大口地深呼吸，額際滲冒出明顯的汗珠，似乎這招耗費了他相當多的氣力。「幸好眞的施展成功了……不枉我之前找師父做魔鬼訓練，萬一失敗的話，師父鐵定會踹我屁股的。」

「不，在你師父踹你之前，我們就會全被捅成篩子。」一刻沒好氣地吐槽，隨後他咳了一聲，視線轉移他方，「……不過，做得不錯。」

柯維安雙眼霎時都亮了，連疲累感都馬上被他拋到腦後。

「小白甜心！」柯維安放開毛筆，精神大振地就要撲抱向彆扭稱讚自己的白髮男孩，「人家果然最愛你了啊！」

只不過柯維安的前腳剛跨出一步，後腳還來不及邁出，一隻大掌已快狠準地一把抓扣住他的臉。

下個瞬間，柯維安就感覺自己的身體被拎起，扔到後方。

「痛痛痛……」屁股重重著地的疼痛讓柯維安哀叫連連。他正想控訴自己親愛的怎麼可以郎心如鐵，卻沒想到一抬起眼，望見的是紅髮銀眸的半妖青年。

原來動手的人居然是曲九江。

「室友B，你所謂的方法，就是把我們關在這個像籠子的地方嗎？」曲九江居高臨下地問，銀星似的眼瞳僅有大片冷酷。

「咳，當然不是……讓自己成爲甕中鱉這種事，完全不在我的考慮範圍內。」發現那冷然的目光瞥視過自己的脖子，柯維安反射性伸手一擋，有種隨時就會被人掐上的錯覺。

謹慎估量自己與曲九江之間的距離後，柯維安抓著毛筆站起，環視其他人，「我只是想爭取時間，讓我們能擬定個計畫，例如怎樣分工合作解決掉湖中的那位……嗯，小姐。雖然對方現在只有用頭髮攻擊，但誰能保證等等會不會跑出觸手什麼的。要知道，恐怖片最喜歡……」

「那個，我可以插話一下嗎？」蔚可可舉起手，乾巴巴地擠出聲音，「觸手……指的該不會就是正從蘿岩湖裡冒出來的那個吧？」

眾人頓時一愣，全體齊刷刷地轉望向湖泊方向。

透過金字間的空隙，依然能將外邊的景象看得一清二楚。

黑色的密麻髮絲已盡數退得不見蹤影，可是蘿岩湖湖面仍舊沒有回復平靜。在那醜陋巨大的身影周圍，水泡接二連三地劇烈翻滾，像是沸騰的滾水。

水泡的間隙中，可以隱約瞧見有什麼粗長的物體飛快竄出又潛入。

即使只是驚鴻一瞥，也足夠讓一票神使和妖怪辨識出那是何物了。

柯維安噓噓口水，終於將尚未說完的最後幾字說完：「……這樣演。」

而當翻滾的水泡平息，無數比人還粗大、表面滑膩灰白的觸手像是水蛇般環繞在湖中身影的四周時，一刻的反應更簡單，他只是面無表情地說了一句話、兩個字而已。

「我操。」

對於一刻來說，簡短的髒話往往能涵蓋許多意思。但有時候，他還是會在髒話後加上更長的句子，好讓聽的人能更明確地領會過來。

例如當蘿岩湖裡的眾多觸手突然間像群蛇亂舞，迅雷不及掩耳地飛甩向包圍住他們的金色障壁，而那道障壁的上頭還沒有加蓋的時候——

「我操！柯維安你沒事插那什麼旗？好的不靈、壞的靈！」一刻鐵青了臉怒吼，「立刻解開，否則我們真的全要成了他X的甕中鱉！」

「嗚啊啊啊！我也沒想到會有這招呀！以瘴異來說，它們這次會不會也太有創意了！」柯維安驚慌哀叫，手上動作卻也不敢怠慢，想也不想便將毛筆一拄地，四面金字牆瞬間倒塌。

「管他什麼狗屁計畫，總之就是滅了湖裡那混帳！」一刻眼明手快地撈抓過柯維安，一針削斷逼來的觸手前端，扭頭朝其他人大喝道。

「明白……謹遵命令。」輕飄飄的嗓音有如煙氣落下。秋冬語單憑一手之力，以張開的蕾絲洋傘承接住觸手的撞擊，忽地伸手探向衣襟。

隨著深暗的斗篷「唰」地一聲飛起，一道粉色身影眨眼間離弦掠出。

雖說戰場上分心是大忌，但一刻和柯維安在這瞬間還是看得目瞪口呆。

條紋膝上襪、誇張的華麗洋裝，秋冬語依然是一身魔法少女的裝扮；只不過往常的紫色卻成了如春天櫻花的粉嫩色彩，就和她手上如閃電快速刺向觸手的蕾絲洋傘一樣。

「我靠！」一刻可沒想到當時秋冬語說的「談正事、穿正式」，就是穿得和魔法少女差不多，還是顏色變調版本的。

胡十炎到底是灌輸了她什麼亂七八糟的鬼東西！

「我靠！」柯維安也下意識地脫口喊出和一刻同樣的話，只是含意大不相同。一刻是驚得呆了，他則是驚喜得眼放光芒，「春季劇場版的夢夢露限定新裝!?老大也太強了啦！」

幹！你們公會還能再不正常點嗎！一刻吞下差點爆出的咒罵，他冷不防扯緊柯維安的襟領，趁對方來不及反應的當下，竟是將他往曲九江的方向丟。

「咦？啊？小、小白！」柯維安跌得七葷八素，眼前好似有金星飛舞。他撫著腦袋，一時還理解不過來是發生什麼事。

「柯維安，保護好你自己。別以為老子看不出來，你累得只剩喘氣的份了！」一刻飛快下達命令，視線掃過柯維安，再轉向曲九江，「順便幫我顧好他，我的神使會聽我的要求吧。」

一刻直勾勾地看著那雙銀星眼眸，他的眼神有種篤定的光芒，就像他知道對方會答應。

曲九江沒有回答，只是咋了下舌，但那無異就是他變相的保證。

一刻滿意地咧開笑，然而柯維安卻覺得自己快哭了。

他的確沒想到他家小白可以看出他其實體力剩沒多少，但是、但是……

「小白甜心，你難道就不能找其他人顧嗎？你不認為我在這被流彈波及的機會更大嗎？」柯維安花容失色地慘叫，「曲九江的火焰根本就是無差別……」

最後的「攻擊」還未喊出口，緋紅的火焰已橫掠過來，瞬間加大的火勢吞沒了想趁勢偷襲的觸手，而飛濺的碎火則差點要燒了柯維安的頭髮——如果不是他及時用金墨為自己畫下一道防護。

「室友B，小心別讓自己被我燒了。否則要是沒辦法達成小白的拜託，我也會很困擾的。」曲九江回頭，唇角勾出冰冷寒冽的弧度，手臂上的火焰更盛。

那你就別燒到我啊！柯維安幾乎想這麼大叫了。

渾然不知自己似乎將柯維安置入另一種危險之中，一刻一個箭步掠出，飛身再入戰圈。

比起先前密密麻麻、彷彿無孔不入的黑髮，粗大的觸手反倒更加容易攻擊。

避開兩條緊追而來的觸手，一刻俐落地翻身下滑，針尖順勢刺入觸手末端。抓緊對方吃痛揚高的空隙，他雙手猛一使勁，身子往下壓，鋒利的白針頓時朝下切割出一道又深又長的傷口。

感應到劇烈疼痛的觸手猛地甩動，想把上頭的可恨存在摔砸在地。

就在這時，黑令高聲喊道。

「宮同學，鬆手！」

意識到這件事的同時，一刻毫不猶豫地依言照做了。他也不知道是怎麼回事，反射性地覺得黑令可以信任。

「綻七蓮，展六葉，結網靜延！」黑令飛快吐出法訣，數道金紅光芒自他身邊成形，轉瞬間便勾勒出一幅碩大蓮花圖陣，不偏不倚地承接住一刻下墜的身勢。

受創的觸手發狂般再度襲來，但數道碧綠光束已飛也似地趕到，連連釘穿了觸手。

下一秒，另一抹粉色身影跳竄躍起，高高地自上補下一道斬擊。閉攏的蕾絲洋傘有如西洋劍，勢如破竹地將那條觸手從中斬成兩半。

半截觸手從高空墜下，但在落地之前就被一團紅色火焰燃燒成焦塊物。一沾地，即成滿地碎末。

噴吐出火焰的人是瓏月，見到一刻那方危機一解，立即提起自己的青石棍，疾速轉身再面對另一條觸手。

「宮一刻，你沒事吧？」蔚可可抓緊碧色長弓，與秋冬語警戒周遭。

「沒事。」一刻抹了把臉，剛剛從高處掉落，讓他的腦袋更清醒了些，他注意到一個之前被遺漏的重點，「蔚可可，妳有感應到妖氣嗎？」

「咦？有啊，不過你是指湖裡的還是你室友的？」蔚可可困惑地眨著眼。

「當然是湖裡的。那麼，妳有看見她的眼睛──操！退開！」眼尖發現這回數條觸手糾結一起，兜頭就要從上方像拍小蟲般拍下來，一刻急急喝道，和其餘人再分兩方退散。

撲空的觸手重拍上湖岸，地面也被帶出一陣沉悶的響動。

「爲什麼要逃？爲什麼要躲？爲什麼就不來一起陪我們！」

「陪我……」

「陪我……」

「陪我……」

「一起待在蘿岩湖底！」

攻擊接連失敗的湖中身影像是咆哮、像是淒鳴，灰白腫脹的皮膚底下無數黑點遊竄得愈發明顯，似乎隨時就要掙破出來。

不，不是似乎，它們真的從皮膚底下鑽湧出來了。

瞬間，所有觸手停下攻勢。

矗立蘿岩湖中，宛若巨大雕像的怪異人影竟全身被那些黑壓壓的小點纏繞。全數黑點順著皮膚上下遊走，它們爬過人影的手臂、頸項、臉面，然後一個個纏勾起來。

柯維安睜大眼，倒抽一口氣。他記得在靜修之地時，莊千凌那三人的身上也曾出現同樣狀況，那些黑點成了黑鎖鍊，環走在他們全身。

「這到底是……瘴異為何……」柯維安想問瘴異為何有這種詭異的變化，可是才剛呢喃出幾字，話語猛地戛然而止。

他一直以為莊千凌他們是被瘴異融合的亡靈，他們身上也有著妖氣，眼下醜陋怪異的相貌，更證明了他們確實不是單純的人魂。

問題是、問題是……

「那麼，妳有看見她的眼睛——」

柯維安也有聽見一刻扔給蔚可可的疑問，他現在知道那未完的後半句是什麼了。

「那麼，妳有看見她的眼睛——變紅色嗎？」

猩紅如血的眼眸，那是瘴異和瘴的最大特徵。

但是湖裡那身影的眼睛，是灰敗的色彩！

「不、不可能……難道說被瘴異寄附的不是他們!?」柯維安不敢相信地失聲叫道。

就在同一時間，像由黑蟲建構而成的黑鎖鍊不再遊走，而是緊密地貼附在湖中身影的皮膚表面。

莊千凌——或者說紀晴兒、許明耀，那抹依稀可以看出三張面孔疊合的身影咧開嘴，發出無聲大笑。

那是一幅詭異至極的場景，明明就可以看出對方在歇斯底里地高笑，但整座蘿岩湖能聽見的就只有湖水拍打上岸的聲音。

緊接著湖泊震晃，如同深處爆出一股波動，巨大的水柱陸續沖起，再隨之崩垮灑落。

一刻不知道對方葫蘆在賣什麼藥，但突然間有隻手握住他。

「宮同學……請幫我的忙。」黑令用耳語說，黑眸裡有著毅然的色彩，「不論你信不信，但我知道那是什麼，也知道何法可破。請你幫我開道，我必須到湖心的位置去。」

一刻知道自己該覺得這名金褐髮男子可疑，可是他反射性點頭了。

「數到三，我們就行動。」一刻說，「三！」

當那聲大喝驀然落下，一刻與黑令同時拔身掠出。

「宮一刻？」

「黑令先生！」

蔚可可和瓏月錯愕地喊了出來，不解兩人突如其來的行動。而就在下一秒，她們的錯愕變成了驚異。

因爲濺落的湖水不但沒有被地面吸收，相反地，它們就像某種黏稠的膠狀物質，迅速包覆住她們的腳，然後持續往上蔓延。

「什……這、這是……」蔚可可驚慌的聲音很快被截斷。

「可可！」秋冬語看見蔚可可整個人都被水包住，難掩痛苦地摀住口鼻。她的眉眼流露緊張，想靠近自己的朋友，然而湖水也已縛住她的雙腳，一下上淹至她的胸口處。

不光是蔚可可、瓏月、秋冬語，包括曲九江和柯維安也遭到這波圍擊。

那些落下的湖水凝堆成一顆水球，將岸上的人影接二連三地包裹其中，剝奪他們的行動、呼吸。

「還有你們兩個，別以爲能躲得過！」三名少年少女的高笑聲重疊一起，終於眞正擴散在蘿岩湖上。

又一道水柱轟然沖出，鎖定一刻和黑令而去。

只不過誰也沒想到，就在湖水即將衝擊上一刻時，他的手臂上赫然乍現一道銀白光芒。

光芒往外伸展，就像一面盾牌擋護住水的攻擊。

「不可能……不可能！」分不出是少年或少女的聲音在怒號。

一刻瞳孔收縮，似乎有著驚訝又有著恍然。察覺銀光急遽收減，可能下一秒就會支撐不住，他當機立斷，想也不想地推撞上黑令的背。

「快去！」

銀白色光芒同時消散，第二波湖水衝著一刻罩下。

這一次，再也沒有東西阻礙湖水的包圍。

感覺到冰冷的觸感包裹上自己的身子，轉眼就要覆蓋口鼻，一刻不驚反笑，他扯出一個凶悍的弧度，在水吞入自己的右手前，白針在他的掌間成形，旋即被灌入力量，像是一道白色閃電，快、狠、準地飛衝出去。

湖中身影放聲嘲笑，輕而易舉地避開那全然失去準頭的攻擊，「愚蠢、愚蠢，你以爲自己是在瞄準哪裡？嘻嘻！哈哈哈哈！」

「白痴，我有說是要瞄準妳嗎？」一刻咧著嘴獰笑，毫不在意自己在下一刹那也被水球包覆全身。即使感到呼吸困難，他還是朝那醜陋的身影比出中指。

「什麼？什麼？」

「堯天！」

「還有堯天！堯天去哪裡了！」

莊千凌、紀晴兒和許明耀的聲音尖銳地此起彼落響起，似乎終於意識到還少了一個人。

他們被白針引開注意力，反倒忽略了那名金褐髮男子的存在。

湖中身影焦躁地迴身，周圍觸手跟著擺甩，頓時將包覆住一刻的水球重重揮撞出去。

也幸虧有膠狀物的水包圍在外，才減緩了衝擊力道。只不過一刻依舊感到呼吸越來越困難，他極力保持意識的清醒，透過冰藍色的水球表面，他看見在蘿岩湖中心的高空位置，一抹高挑筆直的身影浮立在上。

是黑令。

黑令浮立於蘿岩湖湖心之上，腳下是數張符紙圍綻，如同一面法陣支撐住他的全身重量。即使在極近距離面對那雙巨大灰敗的眼珠，那名金褐髮男子俊俏的臉孔上依然沒有一絲懼色。相反地，他神情平靜得近乎嚴厲，瞳孔中心似乎有金色微光閃動。

正當莊千凌等三人的聚合體以爲自己看錯而愣怔的瞬間，黑令聲音響起，那溫雅清冽的音色像要貫穿這片夜色。

他說：「你們非是瘴異、非是瘴，你們只不過是人魂與殘留在湖底妖魂碎片的融合體。你們是不該留在此、卻被人用外力綁縛留下的醜陋又可憐的東西。岩蘿鄉、蘿岩湖，凡在西山妖狐的領域內，人魂就不可能留下。但是，唯有一人可以扭曲這條規則，強制引領魂魄，使之固定於此方。在所有『專者』中，唯有一人做得到。」

黑令的瞳孔流洩金耀，原本散置於雙腳下的符紙齊齊飛起，直立在他與湖中身影的周圍。

三名少年少女的聚合體本能感覺到危險，他們無暇思索面前男子怎會變成金瞳，只知道自己必須、立刻、馬上殺了對方。

危險危險，他有威脅！

「啊啊啊啊啊——」全數觸手伴隨著戾嘯，飛也似地刺向空中人影。

但是黑令的動作更快。

「祭祀禮典，引領亡者之魂。」黑令的金瞳迸射出龐大怒意，唐刀在他張開的雙掌間浮現，「妳不該踐踏妳的職責與能力，祭祀者——阮鳳娘！」

第八章

那是發生在瞬間的事。

原本直立空中的符紙平空燃起灼灼烈焰，不同於先前的赤艷，火焰顏色是金中帶紅。

數團熾烈火焰齊飛高處，匯聚一塊，再以雷霆之勢往下飛墜。

明月皎皎，銀白的月光灑落在蘿岩湖上，映亮了一切，使得四周光景幾乎無所遁形。

只見黑令高舉唐刀，金瞳凜凜，然後迅雷不及掩耳地朝他與少年少女聚合體間的空隙，引率著金紅烈焰猛力刺下。

金紅色的火焰就像一頭火龍，凶猛地往那虛空之點撞去。

刹那間，以那處爲中心，猛地延展出大片白色圖紋。

白紋如同鱗片般不斷延伸，立時擴及至湖泊、湖岸，甚至沿著夜空攀爬，隨後有什麼東西碎裂了。

白色的發光鱗紋像遭到風化，忽地逐漸崩爲粉末。潔白的粉末快速剝落，就像一場安靜的大雪。

同時破碎的還有一刻等人身上的水球，「嘩啦」一聲，原先膠狀的物質崩解爲液體，墜至地上。

一刻等人渾身濕淋淋，狼狽地跌坐在地，不時劇烈地喘氣或是咳嗽，幾近急促地吸取新鮮空氣。

而湖中那醜陋身影的鎖鍊也徹底斷成無數截，當它們全數脫離，湖中身影的樣貌也發生了改變。

螢火光點瞬間飛逸，觸手變得透明，直至完全消隱。本來近一樓高的龐然身影縮減，下一秒竟從中分離出另外兩人。

砰、磅！

三名少年少女摔落在湖岸邊緣，他們的皮膚呈現灰白，卻已不再如先前可怖。他們閉著眼，像沒了意識，一動也不動地躺在那，就算冰冽的湖水一波波淹來，仍是毫無反應。

但是，一刻等人這時已沒有多餘心思去在意那三人。他們看見黝黑的虛空中忽地撕裂出一道裂縫，從中跌墜出一抹人影。

那人一襲水色旗袍，長長的三條雪白狐尾拖垂在後，同樣雪白的毛絨尖耳自髮絲兩側冒出——這些特徵，在在說明了她的種族歸屬。

那人面容姣好，但該梳理得整齊的髮髻如今卻被打散，一頭烏絲凌亂地披散在背後，端莊典雅的氣質更是不復存在，一雙由黑轉金的瞳眸裡只剩扭曲的憎恨。

竟然是她？為什麼會是她？

以為和安萬里一同失蹤的阮鳳娘，現在居然出現在一刻他們眼前！

然而曾親切待人的旗袍女子，這時卻像換了個人。染成金黃的瞳孔裡是隱藏不住的滔天恨意，瞪視著一刻等人的眼神，就像在瞪視著勢必手刃的敵人。

「鳳娘……小姐？」柯維安茫然地說，不明白事情怎會峰迴路轉，轉向了一個誰都始料未及的局面。

蔚可可是第一次見到阮鳳娘，但她也從一刻他們口中得知對方的身分。

可是，那名女子不是最初負責接待宮一刻他們，為什麼現在……蔚可可下意識握著秋冬語的手，她說不上來是怎麼回事，然而那名旗袍女子的眼神，讓她無來由地感到不寒而慄，就像她曾在哪見過似地。

「阮鳳娘……竟然是妳!?這一切都是妳謀劃的嗎！」瓏月又驚又怒地喊道。驚的是幕後黑手原來是自己同胞，怒的是對方竟然敢犯下這等錯事，「妳到底是何居心！」

青石棍猝然掃出，卻又在觸及阮鳳娘的臉面前硬生生收住。瓏月雙手緊握青石棍把端，指關節用力得泛白，手背上青筋明顯浮露出來。她雖極力控制自己的行動，但一身騰騰殺氣仍散發出來。

阮鳳娘卻像渾然未覺，她的一雙眼死死地瞪著逐步走來的金褐髮男子。她知道對方名為黑令，是黑家的狩妖士、副族長的朋友，可是那樣的人……爲何有辦法識破一切是她所爲？

阮鳳娘激紅了眼，手指使勁地捏握起。她想尖銳地質問，但衝出喉頭的卻是一口腥甜，她反射性摀住嘴、嗆咳一聲，縷縷鮮紅液體頓時自指縫間湧溢。

隨著阮鳳娘咳出鮮血，已經消褪大半的白色光鱗霎時崩融得更快，夜空上已不復存在，恐怕再過不久，就連湖岸和湖面上的亦要消失得一乾二淨。

「不……不行！我不允許！」驚見白色光鱗快速破滅，阮鳳娘的瞳孔凝縮，金眸裡掠過淒厲的焰火。顧不得抹去唇邊的污血，急急伸出手。

「不得輕舉妄動！」瓏月以爲對方意欲反擊，立刻心生警戒。

卻沒想到阮鳳娘看似欲探出的手，竟猝然往自己心口前揮抓而下。她的指甲又尖又利，勁道更是毫無減弱跡象，登時硬生生抓割開旗袍襟領的位置，留下五條怵目的血痕。

阮鳳娘的自殘來得太突然，一時誰也來不及反應。

抓準這當下，阮鳳娘染血的唇彎出獰笑。無視被自己抓得皮開肉綻的傷口，她將五指沾染上的血液飛快往虛空一抹。

頓時，奇異的事發生了。

前一秒還空無一物的深色夜空，此時無端爬生出無數雪白毛線。那些格外粗長的毛線就像在縫補什麼，一晃眼交叉纏繞上了大片夜空。

襯著幽黑的夜色，雪白毛線格外顯眼。它們歪歪曲曲地遍布其上，不時收縮湧動，乍看下有如白色的血管。

就在白線幾乎籠罩整片夜空之際，一刻也注意到了，原本消退中的白色光鱗赫然靜止下來，不再破碎消逝。

曾湖景秀麗的蘿岩湖，如今變得詭異荒謬，彷彿一幅超現實畫面。但，一刻覺得最荒謬的，是此時出現在他們面前的阮鳳娘。

策劃這狗屁一切的原來都是她？開什麼玩笑……

「這他媽的是開什麼玩笑！」一刻狠戾了眼，厲聲喊道，白針瞬間直指那名負傷的旗袍女子，「妳該死的爲什麼要這麼做！」

「我爲什麼要這麼做？我爲什麼不能這麼做？」縱使面對著白針和青石棍抵指，阮鳳娘還是笑了，笑裡透著無盡陰寒。她慢條斯理地用手背抹去唇邊的血漬，但蒼白的臉蛋仍洩露出失血對她的影響。

阮鳳娘低垂著眼，凌亂的髮絲半遮臉，咯咯的輕笑聲溢出唇外。她誰也沒看，像是自言自語地說：「我早就想這麼做了，打從我知道要來西山、要來岩蘿鄉的人是你們，不是神使公會的其他人，偏偏就是你們。」

他們？柯維安愣然，阮鳳娘的說法簡直就像她是特意針對他們。他們曾見過面嗎？不對，他很肯定在這之前，從來就不知道阮鳳娘這人。唯一和她見過面的，就只有安萬里。

「是安萬里嗎？妳的目標難道是那個狐狸眼的？」柯維安急急脫口問道。

「別逗我笑了。」阮鳳娘慢慢抬起頭，金眸閃著奇異又恐怖的光。

「我和安萬里大人無冤無仇，我爲何要將他當成目標。可是，他的存在確實很麻煩。他會阻礙我，會阻礙的東西當然要趁早抹去。七百年的大妖又如何？守鑰一族比我想像的還要無用。他說想要見副族長，那我就讓他見到，只不過是假的幻影。我怎麼可能眞讓他和副族長見到面？別開玩笑了，那只會壞了我的計畫。」

「……所以，妳做了什麼？」平靜問話的是黑令。他筆直望著阮鳳娘，像是未察對方陰鷙投向自己的目光。

「我做了什麼？」阮鳳娘還是笑吟吟的，然而眼底的異光越漸淬亮，像淋上油的大火。

「根本不用我多做什麼，對付那種空有名聲、實際上卻軟弱無力的妖怪，只需幻術就能解決一切。我帶他走錯誤的路，讓他看見假的靜修之地、假的四尾妖狐。安萬里他眞的太軟弱了，我眞想不透，爲什麼守鑰這沒用的妖怪，居然會是『唯一』的天敵？」

阮鳳娘的語速不知不覺加快，音量也一階階拔高，她的眼神有種瘋狂。

「他輕易被我製造的幻境所擄，再也無法妨礙我。接下來的一切應該會很順利的，你們應該被那三名愚蠢的人類亡魂所殺，你們應該到死都不可能知道自己爲何有這種下場的！」

阮鳳娘猛地尖喊，金眸像兩簇鬼火般狠瞪著瓏月和一刻後方的黑令。

都是那人，都是那名可恨的狩妖士！他破壞了一切，否則所有計畫都該順利……她操縱了那三個因無聊原因而死的人類小鬼，就算那三人在到達靜修之地時，因她沒料到的意外回想起自身已死的事實，但她還可以挽救，還能讓他們去偷襲猶不知情的另一批人……卻沒想到……

「你不可能知道我的結界陣眼在哪，更不可能知道這結界是由我設下！你究竟是什麼來歷，黑令！」阮鳳娘扭曲了美麗的臉，十指抓地，身後的其中兩條白色狐尾竟猛地揚起，像兩把鐮刀砍刺向金褐髮男子。

一刻與瓏月想也不想地揮出自己的武器，但有什麼比他們的動作更快。一道淡金光壁轉瞬間拔地衝起，使得阮鳳娘的兩條狐尾甫甩出便撞上了阻隔。

阮鳳娘睜大眼，驚怒不已地瞪著那道阻撓她的障壁。

「做小動作是犯規的喔。」柯維安拄著毛筆，露出開朗卻又帶有一絲凶狠的笑容。從頭到尾他都在細細留意阮鳳娘，才能在她一有任何舉動時，做出最快的反應。

阮鳳娘收緊手指，兩條昂起的狐尾垂下。烙印在她眼中的金墨痕跡如此刺眼，就是那撇搶先畫在地上的金色擋下了她的攻擊。

「柯維安。」一刻朝柯維安的方向伸出拳頭。

柯維安先是一愣，隨即反應過來。他欣喜地也伸出拳頭，和一刻的互碰一下，然後他聽見白髮男孩說：

「幹得好，不過你得馬上給我坐下，否則老子就要親自動腳了。」

啊，還是被看出來了……柯維安撓撓臉頰，乾笑一聲。為免一刻真的動腳，他二話不說地抓著毛筆，一屁股坐在地上。

「咦？咦？現在又是怎麼回事？」蔚可可一頭霧水，小小聲地問著秋冬語。

「小柯，體力差……他應該已經快累到站不住了。」秋冬語細聲地說，「小白，看出來了。」

蔚可可恍然大悟，敬佩地望向一刻，只差沒脫口喊出「真厲害啊，宮一刻」。

柯維安心裡想的也是差不多，他覺得他家小白太厲害了，知道自己多話可能會捱白眼，他乾脆朝對方拋出一記飛吻。

柯維安沒有得到一刻的白眼，不過倒是得到一記惡狠狠的眼刀子。

「要燒了嗎？」曲九江五指忽地一動，紅光在皮膚下乍閃，下一秒就要形成火焰。

「不准亂來！」不論那句沒加受詞的話指的是燒了阮鳳娘還是柯維安，一刻一把抓住曲九江的手腕，用嚴厲的目光警告。

事情根本還沒完，他們甚至還不曉得對方的意圖。

如果眼神能化為實體，阮鳳娘的眼神就像淬了毒的箭矢，巴不得刺入黑令體內。

那樣的一雙眼既瘋狂又扭曲，如同盛載著無盡惡意。

就算那雙眼不是盯著自己，蔚可可還是感到寒意竄上。她無意識地握緊秋冬語的手，她知道自己曾看過類似的眼神。

有誰，曾用這樣的眼盯著自己……

「閉上妳的嘴！憑什麼我不可以對我喜歡的人爲所欲爲？」

「哈……活該，活該！那個女人活該！我早說不會讓她好過的！」

蔚可可呼吸急促，眼眸越睜越大，她想起來了！

「可可？」秋冬語察覺到蔚可可的異樣，後者眼神驚恐、臉蛋蒼白。

「……！」蔚可可猛地摀住嘴，像是想阻止無預警湧上的反胃，可依舊有幾個音節來不及吞入地從指縫間流洩出來。

那音量雖然微弱，卻還是讓所有人聽見了。

阮鳳娘的瞳孔瞬間縮成針尖狀，她聽見那名鬈髮人類女孩喊：

齊……翔宇……

齊翔宇。

一刻等人沒想到會在這裡再次聽見這個名字——那個曾綁架蔚可可和秋冬語，並意圖對她們施暴的卑劣妖狐！

然而他們更沒想到這名字一出現，瓏月卻震驚地抽了口氣，駭然瞪向阮鳳娘，眼中燃起不敢置信的怒火。

「齊翔宇……所以妳針對一刻先生他們，該不會就是爲了他？阮鳳娘，妳不是早就接受他遭到禁閉處置的事實？妳不是早就接受妳兒子犯下錯誤，要接受懲治的事實！」

瓏月的那聲厲斥對一刻他們來說，無異如同聽見了平地驀然炸起一聲雷，讓他們幾乎呆立原地、腦袋空白。

瓏月剛說了什麼……她說齊翔宇是阮鳳娘的……

「妳……鳳娘小姐……」柯維安艱困地嚥下一口唾沫，擠出乾巴巴的聲音，「妳是齊翔宇的……母親？」

柯維安根本沒想過他們會遇上這些事，竟和齊翔宇有關。但如此一來，許多疑問的確迎刃而解了。

阮鳳娘會說「我早就想這麼做了，打從我知道要來西山、要來岩蘿的人是你們」，她從一開始針對的就是自己這行人——他、小白、曲九江，然後加上偶然也來到此地遊玩的小可、小語。

阮鳳娘處心積慮設下重重圈套，就是爲了替她的兒子齊翔宇復仇！

她利用祭祀者的力量，將意外溺斃於蘿岩湖的莊千凌等人的魂魄強制留下，操縱這三人，使這三人誤以爲自己仍活著，然後一步步接近他們……

「妳做出這樣的……」一刻驀地也想通這些事，他看向臉色蒼白的蔚可可和面無表情的秋冬語，想起這兩名女孩曾遭到多麼不公平的對待，就只是因爲齊翔宇那扭曲的想法。他猛然扭頭厲瞪阮鳳娘，咬牙切齒地大罵：「妳難道不清楚妳兒子做過什麼狗屁倒灶的事？齊翔宇就是一個喪心病狂的混蛋！」

「住口！不准侮辱我的孩子！」阮鳳娘咆哮，原有的雍容儀態早不復存。她披頭散髮，胸前是鮮血淋淋的傷痕，金瞳像鬼火在夜間發光。眼下的她，就像爲護崽而發狂的雌獸，「都是你們這群該死神使的錯！還有那名半妖，既然是妖，就該知我妖族的本性是遵從內心渴望……爲什麼還和神使聯手對付我的孩子！」

「阮鳳娘，妳簡直在胡說八道！」瓏月拔高嗓音，青石棍重重擊地，「當初妳和齊世遺不都同意齊翔宇傷害無辜之人，必須爲所犯之錯償還代價，爲何如今反倒執迷不悟？」

「執迷不悟？」阮鳳娘冷笑，那張姣好的面龐因傷口仍不停滲溢著血而愈發蒼白，使得金眸就像燃燒般淒厲，「我知道我必須隱忍，就算明知我的孩子無罪，也只能該死地隱忍。只有齊世遺那蠢蛋，才會荒唐地相信翔宇有錯。他明明就是做人父親的，不但不幫自己孩子求情脫罪，反而一心一意只想向族長賠罪……這開什麼玩笑？我怎麼可能有辦法接受！」

阮鳳娘尖聲號叫，面容猙獰，「我的孩子、我的翔宇……他本來有大好未來的，卻因爲兩個愚蠢、不肯乖乖就範的人類女孩，陷入這種悲慘的境況！他甚至連元核都被毀了！」

「我操你媽的！」一刻勃然大怒，「妳該死的再說——」

「小白！」柯維安顧不得自己體力匱乏，立刻跳起，兩隻手臂抓住一刻的胳膊，拚命阻止，「曲九江，好歹幫我抓另一隻！阮鳳娘小姐，齊翔宇的元核會毀，是被瘴異吸收吞噬的，那只能說是……」

「你要告訴我，我的孩子是咎由自取嗎！」阮鳳娘怒號，「他的未來毀了，就是被你們這群可恨神使毀的！族長偏袒你們，副族長袖手旁觀，齊世遺連點辦法也不會想……翔宇明明就是我族的一分子，所有人卻只會見死不救！」

阮鳳娘忽地溢出咯咯的笑，那發狂的眼神在下一秒似乎又變得欣喜。

「但是，還是有人願意幫助我的……他告訴我如何重新建構出翔宇的元核，這麼簡單的辦法，我在之前怎麼沒想到？」阮鳳娘溫柔地綻出笑容，嗓音甜蜜，「自己的要是失去了，就拿別人的來修補，這樣不就好了嗎？」

阮鳳娘的語氣就像在述說什麼小事，可話語內容卻令聽者毛骨悚然。

自己的失去了，就拿別人的來修補？齊翔宇的元核破毀，因此阮鳳娘要拿……誰的？

「該、該不會……」柯維安一個打顫，瞬間把零散的枝微末節拼湊在一塊，他發出了像是被人掐住脖子的聲音，「西山失蹤的三名幼狐……」

「那三名幼狐，果然是被妳藏在祭祀者專用的冥思房裡嗎？」

溫和沉穩的男聲驟然響起，卻不是屬於在場任何一人所有。

阮鳳娘猛地抬頭，一張臉徹底扭曲了。她瞠大雙眼，彷彿看見什麼可怖的事物，然而放眼所及，卻也不見聲音主人的身影。

怎麼回事？這是怎麼回事！阮鳳娘煞白著臉，驚恐地張望，只聞其聲不見其人加重她的恐懼感。

不可能的，她明明已經……

「這、這個聲音！」柯維安難以置信地跳了起來，但比他快一步喊出那名字的是蔚可可。

「狐狸眼學長？不對，安萬里學長！」蔚可可吃驚喊道。

「維安，你下次再告訴別人一些錯誤的稱呼……你不會想知道我會做什麼的。」那道溫和男聲再次意味深長地響了起來，清楚進入所有人耳中。

柯維安登時又打了個哆嗦，可是他很快就察覺不對勁。那道輕易就能讓人感受到威脅的嗓音確實是安萬里沒錯，他們神使公會的副會長，問題是……爲什麼只聽到聲音卻沒見到人？

顯然其他人也有同樣疑問，只見他們紛紛訝異地東張西望。

「曲九江，你有聞到學長藏哪裡嗎？」一刻皺著眉，低聲問道。

「你真把我當狗了嗎……我沒聞到。」曲九江瞇細眼，語氣不善地哼了一聲，可仍是給予了回答。

聞言，一刻不禁一愣。曲九江對妖氣很敏銳，現在卻說沒聞到。難道說，安萬里學長……

「你在哪裡……該死的、該死的，安萬里你在哪裡！我分明把你囚困起來，你應該失去意識的才對！」阮鳳娘就像被心慌驅使，嗓音霍地拔得尖高。

似乎想要讓一切躲藏的事物都現形，阮鳳娘身周瞬間燃起無數鮮紅火焰，火焰將整片湖岸、甚至連樹林深處全映得大亮。

但是，還是不見安萬里的存在。

「……他不在這裡。」突然間，有誰靜靜地開口。

待所有人的視線都落至自己身上，黑令緩慢又清晰地說：「安萬里先生他人不在這裡，不過他能聽見我們的對話。阮鳳娘，妳忘記了嗎？妳現在重新修補的結界，依舊是個半殘破的成品。陣眼終究已被我所毀，妳已經無法徹底隔絕與外界的聯繫。」

阮鳳娘瞪大眼，彷彿終於意會過來黑令的意思。

而隨著黑令的話聲落下，他也舉高自己的手。不知何時，他掌心間抓握著一支手機。

「妳的幻術的確很厲害，鳳娘小姐。」安萬里的聲音從那支手機中平穩傳出，「讓我吃了苦頭。幸好我事先也有準備一份保險，否則恐怕這時還是昏迷的，更遑論在山裡展開搜查。」

保險？阮鳳娘臉色大變，像是想歇斯底里地喊出質問。她不明白自己的計畫是從哪個環節出了問題，照理說全部都該很完美才對。

她知道淨齋期將要到來，所以她才選定在那時動手。依「那個人」告訴自己的辦法，綁架了族裡的三名幼狐，好在適當時機挖出他們的元核，給予自己的孩子，他們是如此單純，不會對自己的接近抱有戒心。

而礙於族規，族裡的其他人無法大肆徹底搜索。自己身爲重要的祭祀者，也不會有人懷疑到她的身上，更不用說是前往她專用的冥思房調查。

爲了保險起見，她還隨便找了個理由，特意支開齊世遺，讓他暫時離開西山一陣子。知道自己暗裡爲孩子的事傷心難過，齊世遺是不會違逆她的。

只是她沒想到，族長和副族長會決定找尋外援。他們找了狩妖士和神使公會的人前來，而神使公會的成員竟然會是那幾人……那幾個將她孩子害慘的可恨神使！

這是送到眼前的絕佳機會，她不能白白放過。誰都不會懷疑她有二心，她當初的隱忍，成功讓眾人皆以爲她早接受了自己孩子做錯事的事實，甚至獲得大義滅親的認同。

可笑、可笑，要不是知道族人並不站在她這一方，她又何須如此？她的翔宇怎麼可能犯錯……錯的是那些神使！

阮鳳娘眼內像要噴出火，但下個瞬間從黑令手機裡傳出的聲音，登時有如一盆冰水將那火焰澆熄，取而代之的是強烈的驚懼爬竄上全身。

「妳可真是讓我失望了，阮鳳娘。妳要讓安萬里吃苦頭我不會有意見，可其他的所作所爲，太超過了。」

那是一道稚氣卻又透著無形威嚴的聲音，說話的人已不是安萬里，改換成一名小男孩。

阮鳳娘臉上血色全失，她那抓著地的手指隱隱發顫。她不可能錯認那道聲音，他們全族的人都不可能……

「族長!?」瓏月震驚地喊了出來。若不是意識到對方人在手機的另一端，她幾乎要下意識地單腳跪地。

說話的不是別人，赫然就是西山妖狐的族長，六尾妖狐，胡十炎！

「柯維安，這天殺的又是怎麼回事？」一刻猛地一把拉過柯維安，壓低聲音地逼問道：「胡十炎爲什麼也在這裡？這他媽的也太靠杯了吧！」

「冤枉啊，小白！我什麼都不知道，應該說我比你更想知道啊！」柯維安用氣聲急急嚷叫道：「你不覺得黑令知道的說不定比我們還……不是吧？該不會是這樣吧！」

柯維安忽然像驚悟到什麼，他瞪大眼，錯愕地瞪視著至今反應都太冷靜的金褐髮男子。

黑令趁著沒人注意的時候打給安萬里，他篤定安萬里一定會接起電話，這表示他知道對方沒有陷入危險。而且對於胡十炎的存在，他也沒有流露任何吃驚之情。

「我的老天……」柯維安無意識反抓住一刻的手臂，「狐狸眼和黑令才不是什麼初次見面，他們鐵定早認識了！也就是說，狐狸眼也早知道黑令並不是眞正的黑……！」

驟然憶起「黑令」的身分仍須保密，柯維安頓時閉上嘴，可是也足以讓一刻聽出端倪了。

一刻心中驚異。黑令不是眞正的黑令？這見鬼的又是什麼意思!?

「柯維安！」一刻低喝，想再撬出更多答案，但胡十炎的聲音不客氣地打斷了他。

「閉嘴，宮一刻，我還在說話。」縱使不在現場，胡十炎的威嚴依舊透過手機傳了過來，接著那話聲轉而針對阮鳳娘，「阮鳳娘，妳想問我爲何也在岩蘿鄉嗎？我不是應該在公會處理事情，所以才忙得連回來讓齊世遺登門道歉的機會也沒有？」

隨著那平淡的問句進入耳裡，阮鳳娘頓覺大駭，身上更是有如壓了千斤重。

「族長……最近事務如此繁忙嗎？我以爲這回，族長會一塊回來的。」

「最近公會……是有點事，十炎分不開身。對於齊世遺想登門道歉的事，他表示等他下次歸來再做處理。」

爲什麼族長會知道這段談話？當時在山裡就只有她和安萬里才對……！

阮鳳娘倏地倒抽口冷氣，她慘白著臉，只覺無比荒謬，但那荒謬的想法卻是唯一的解釋。

那時候在那裡的，除了她和安萬里，確實還有另一個存在。

「那群小鬼們的岩蘿鄉之旅，我可也是都在場的。你們難道眞以爲安萬里那個老傢伙，當真孤單寂寞冷，需要帶著那東西不離身嗎？」胡十炎的冷笑透出手機。

這話無疑當頭給一刻和柯維安猛烈的棒喝，他們張口結舌，簡直沒辦法相信扔到他們眼前的真相。

就算是曲九江也不免面露訝色。

「咩……」柯維安連話都結巴了，「咩、咩咩君？狐狸眼這次特地帶全程的咩咩君就是老大!?」

「呃，是咩咩咩君還是咩咩君呀？」蔚可可小小聲地問著秋冬語，腦袋裡是無數問號。由於這次旅行她並沒有遇上安萬里，所以聽得一頭霧水。

雖然秋冬語也沒遇上安萬里，不過她是公會的一分子，對咩咩君一詞自是瞭若指掌。

「是……咩咩君，開發部喝醉酒偶然開發出的吉祥物。」秋冬語說，「有戴花的是女孩子，叫咩咩子……副會長似乎帶了咩咩君來岩蘿，然後上面有老大的力量……我猜。」

「還是冬語聰明。維安，反省一下你的腦袋。」稚氣的童聲嘲笑，「我分了一尾的力量在咩咩君上，它等於就是我的分身。」

柯維安沒抗議，他和一刻這時候的表情都很微妙。也許是他們分別想起自己曾抱著咩咩君（胡十炎）和砸出咩咩君（胡十炎）的事。

「您……你們……」阮鳳娘有如呻吟般擠出破碎的斷氣聲，她像是畏懼胡十炎聲音地伏低身子，就連三條雪白狐尾也是垂伏貼地，然而金色眼瞳底處似乎隱隱燃動著一簇奇異的焰火，「你們早就懷疑是我所為，才特意隱瞞一切，為的是暗中調查我？」

「……不。」胡十炎沉默一會兒，復而開口，稚氣的聲音剝離起伏，嚴厲得令人心驚。

「我們一開始沒想過要懷疑妳。幼狐失蹤之事，我們眞認為是他族妖怪所做。會隱瞞身分，只是不願打草驚蛇，想要不驚動他人的調查。可是，妳出手了，妳用幻術迷惑安萬里。對我而言那只是小把戲，卻也讓我心生懷疑。然後就是人魂被強制留在這的事，唯有祭祀者的力量能做到如此。瓏月只是近衛，不知情是正常，但對我們倆來說，卻不可能毫無所覺。」

「是妳讓自己露出了狐狸尾巴，鳳娘小姐。」安萬里的聲音也加入，平和的語氣聽在阮鳳娘耳中，卻像是最不留情的嘲笑，「雖然妳原本就是狐狸了沒錯。」

「閉上你的嘴，安萬里，否則我撕了它。」胡十炎沉聲警告，隨即話鋒一轉，「阮鳳娘，我不知是何人告訴妳那無稽之談。但是無論妳綁架了多少幼狐都無用，元核既毀，就再也無法補救。」

「胡說、胡說……」阮鳳娘曲起十指，嘶聲喃喃。

「妳信也罷，不信也罷。妳挽回不了已經失去的東西，妳做的一切只不過是徒勞無功。」

胡十炎冰冷的嗓音似刀割出，「而妳那些愚蠢的作為，則會替妳帶來懲戒。那三名幼狐，我和安萬里會帶他們回去。至於妳的罰責，你們那會有人處理的。畢竟我不在的這些時間以來，都是交由地位僅次於我的人負責的，不是嗎？」

冷酷地吐出最後一句話，胡十炎的聲音徹底消失，就連安萬里的聲音也化為靜寂。

從那支手機傳出的，只剩下「嘟嘟嘟」的盲音。

但是所有人都聽清胡十炎的宣告。

他說：你們那會有人處理的。

阮鳳娘嘴唇微顫，無意識地喃唸「不可能」，卻不知是為了自己做的只是徒勞無功，還是為了胡十炎最末的話語。

「地位僅次族長……」瓏月茫然地吐出聲音，「但是，副族長……」

不是還在結界外面的靜修之地嗎？

「小白，我好像猜到一個驚人的事了……」柯維安乾巴巴地說著，將一刻的手臂抓握得更用力。

從頭到尾，胡十炎說的「我們」就不是他和安萬里，而是他和……

一刻甚至連「什麼」都還沒問出，驀然間有人開口了。

「宮同學……一刻，可以請你們都後退嗎？」黑令輕輕地說。

那名金褐髮男子接著往前踏出步伐。他一邊走，手掌心中一邊平空凝聚出一張張符紙。黑色的、白色的符紙環列在他身旁，然後又一張符紙躺在他雙掌間，幻化成一柄漆黑唐刀。

再下一秒，所有符紙和那柄唐刀竟都「騰」地燃爲金紅色的火焰，一簇簇的金紅火焰圍著黑令，照亮他白皙的臉，也照亮他染成金黃的眼睛。

阮鳳娘僵住了身子，瞳眸收縮。在逐漸縮短的距離中，她清楚看見那名年輕男子的眼睛。不是火光造成，也不是隔著光壁的錯覺，他的眼睛眞的化爲純粹的金黃色澤，瞳孔縮得如針尖細……就和自己、和瓏月一樣。

金紅焰火環伺下，金褐髮男子的腳步仍是未停。更甚者，他的腳下也滲染出火焰。金色中帶著緋紅的火焰像是薄紗般席捲過他的身子，凡是沾染之處，無一不是改變了顏色姿態。

所有人都看見那抹高挑的身形刹那間凝縮，變得如女子嬌小纖細，手腕上似乎有什麼碎裂，迸濺出片片金光。金褐色的髮絲長度倏地一口氣增加，蓋過了腰間，毛絨的三角狀耳朵自髮間兩側冒出。

當金紅火焰燒褪至末端，四條褐金色的碩長狐尾也像華麗裙襬在背後伸展開。

「左……」一刻震驚地呆住，他不知道自己無意識地吐出了一個音。

俊俏高挑的金褐髮男子如今已不復存在，取而代之的是一名截然不同的纖弱少女。

她的身上是一襲古風服飾，白皙的臉蛋上一雙翦翦水眸，給人我見猶憐的柔弱感覺。但那雙金澄的眼瞳底，卻赫然閃動著異常堅毅的光芒。

少女唯一與之前黑令的相同之處，或許就只有髮絲的顏色了。

「……果然是狐狸。」曲九江低不可聞地哼嗤一聲。

「啊哈哈哈，四尾妖狐……老天，我居然眞給他猜對了。」柯維安乾笑，雙腿無力地一軟，跌坐在地。他一手握著毛筆筆桿，一手仍不放棄攀在一刻身上，只是從抱手臂變成了抱小腿，「怪不得她會毫不猶豫地讓我下禁制，對她來說，那樣的程度恐怕起不了什麼作用……」

柯維安大大吸口氣，那些四散的疑惑終於像密合的齒輪卡在一起，「卡嗟」一聲，他總算能串起這一切了。

妖狐擅長幻術，那些符紙、招式還有那柄唐刀，原來都是由幻術變成，才有辦法營造出狩妖士的形象。

包括黑令為什麼對小白的事如此了解，對小白抱持著過多的善意，還有太過清楚西山妖狐的祕密，有時甚至遠多於璁月知道的……

因爲她就是小白的朋友，西山妖狐的副族長，地位僅次於他們老大的四尾妖狐——左柚！

第九章

「左……左柚!?爲什麼黑令變左柚了！」

眼見那名該是雜誌模特兒的金褐髮男子，轉眼間變成自己熟悉不過的褐金髮色少女，蔚可可目瞪口呆，腦海裡亂成一團。

「是我的幻覺嗎？還是我在作夢？小語，妳捏我一下好了。」

秋冬語依言伸出手，但似乎是擔心自己的力道太大，伸出的兩根手指最後收回一隻，改用食指用力戳了一下蔚可可的臉頰。

強烈的觸感讓蔚可可意會到不是幻覺也不是自己在作夢，她闔不攏張大的嘴巴，可心裡也終於明白過來，爲什麼黑令會用那麼焦灼的語氣喊自己——她是左柚，是自己和宮一刻從高中就認識的朋友！

一刻怔然地望著前方的四尾妖狐少女，即使許久未見，對方也幾乎沒有變過，還是一如記憶中的模樣。

一刻不單是聽見柯維安、蔚可可的自言自語，還有曲九江的，只不過此時他已無暇質問曲九江爲何沒說出黑令也是妖狐的事實——那個混帳估計只會回一句「你沒問」——巨大的震驚和狂喜使得他一時失去了發聲的能力。

明明他有那麼多的問題想問，例如堯天的身分又是怎麼回事？她不是應該在那什麼靜修之地嗎……但是太好了，左柚她沒事。

似乎是察覺到一刻內心的疑惑，左柚忽地側過臉，眼眸裡有著喜悅也有著歉意，她豎起食指置於唇畔。

「宮同學，晚些……我會全部解釋給你聽的。」那柔弱的嗓音溢出，「現在，有更重要的事要處理。」

左柚的金眸轉向，筆直地望著淡金色光壁後的阮鳳娘。

阮鳳娘全身都在劇烈顫抖，她急促地呼吸著，尖利的指甲刨挖著地面，幾乎不能相信眼前的身影是眞實存在。

這不該、這不該……

「妳爲什麼會在這裡？我確認過了，妳分明是在靜修之地……妳爲何會在這裡，左柚！」阮鳳娘尖銳地喊。

「不得對副族長無禮，阮鳳娘！」瓏月怒喝道。

「瓏月。」左柚平舉起一隻手，像是阻止瓏月欲上前的舉動，「在靜修之地的是我，在此處的也是我。我有應負的職責，當然不可能輕易離開崗位，因此我只是仿效了族長的做法。」

仿效了族長的做法……阮鳳娘是何等人物，瞬間想通其中緣由。

「妳竟然也……妳竟然也是用力量化出分身嗎！」阮鳳娘從齒縫間擠出不甘的嗓音。

不甘、不甘，她怎麼可能甘心？眼看就差那麼幾步，她就可以完成她的計畫。可是現在，不但族長和副族長都已看透她的所為，甚至還告訴她，她孩子的元核根本無法補救……她做的一切到頭來只是一場空。

不可能的，不會的，那人明明就告訴過她……

「妳想知道的事，我已告知妳，阮鳳娘。」左柚張開掌心，一朵金紅火焰立時燃起，「現在，束手就擒。齊翔宇元核毀損的事，我很遺憾，但那畢竟是他的過錯導致的，他必須承擔後果。而妳，也該接受妳挽救不了他元核的事實。」

不對、不對，那人明明就告訴過她……

「他明明就親口告訴過我，奪走尚未成熟的元核，就能救我兒子。他不可能騙我，我和他交換條件了，所以、所以……」阮鳳娘眼神狂亂，壓抑在底處的奇異光芒終於燃成瘋狂的大火，「是妳騙我！該死的是妳騙我——左柚！」

阮鳳娘淒厲尖叫，在誰也沒有防範下，猝然衝向左柚。她的三條狐尾像鐮刀似地劈砍向阻擋在她們之間的淡金色光壁，挾帶雷霆之力的狐尾瞬間將光壁擊出深且長的裂痕。

裂痕飛快擴展，然後——

「糟了！」柯維安驚喊，抓著一刻的小腿想要站起，「我的結界不夠力，我……」

防禦力早已大幅降低的淡金光壁應聲碎裂，在這短短剎那間，阮鳳娘已逼近左柚。她的金眸熾亮如發狂火焰，掌心間凝聚出白光，白光頓時又成鋒利匕首，尖端寒光閃閃、冷氣逼人。

左柚的眉宇迸出嚴厲，身後褐金色的狐尾就要一擺動。可是距離她最近的一道身影，卻在這時迅雷不及掩耳地有了動作。

搶在其他人之前，青碧的冷冽光芒倏然閃出，凌厲地擋下了阮鳳娘的攻擊。

青石棍和匕首交撞的聲響，在深夜裡格外清晰。

瓏月護立在左柚身前，青石棍在她手中如同最堅固的盾牌，承接下一切來自外方的敵襲。

阮鳳娘可以感受到青石棍的頑強堅硬，即便她用上了全身力道，仍無法逼退對方分毫。狂怒染紅了她的眼，她不容許有任何人阻擋自己。

然而就在阮鳳娘想抽離匕首、另起攻擊時，她聽見瓏月說話了。

紅髮少女說：「副族長沒有騙妳，是那個人騙了妳。」

瓏月聲音一如往常般平板清冽，清楚地飄盪在湖岸。

柯維安卻忽然有種恐怖的不安，他發現從剛剛以來，自己一直疏忽了一件事。

他是在花見旅館聽見瘴異的談話，看見瘴異。

「別急著行動……」

「一切就按照計畫……」

「不需要質疑我……我們是彼此互相幫助……假使希望成功的話，就照我的話做……」

「那三個小鬼一定要藏好，否則出差錯的話，我也幫不上忙了……」

綁架三名幼狐的人是阮鳳娘，當時和瘴異通話的人也是阮鳳娘。

那麼……瘴異，又是誰？

寒意爬上柯維安的背，凍得他手腳發冷。恐懼更像是隻看不見的大手，掐得他無法呼吸。照他的推論，瘴異應該是寄附在今日住在花見旅館裡房客的身上。而被他列為嫌疑人的名單，至今卻也被一一推翻。

黑令是西山妖狐的副族長假扮；莊千凌、紀晴兒、許明耀是被阮鳳娘操控，和妖魂碎片融合在一起的人魂。

既然如此，還剩下誰？還剩下那最不可能、早從一開始就被他排除嫌疑的……

「阮鳳娘，妳怎會傻得相信它的話？」瓏月又說。

接下來發生的事，是誰都始料未及的。

青石棍無預警化作一縷輕煙散逸，年輕的紅髮近衛猛然緊緊抓住阮鳳娘的雙腕，然後迅速用力往前帶。

阮鳳娘驚愕地瞠大眼，像是不明白眼下發生什麼事，唯一能感受到的就是匕首尖端深深沒入柔軟血肉的感覺。

鋒利的匕首埋進瓏月體內，只留柄端在外。鮮血瞬間淌溢出來，馬上就被黑色的軍大衣吸入。

「什……」阮鳳娘震驚至極，眼中的瘋狂褪去些許。她茫然地鬆開手，可是腕上的十指依舊將她緊緊地箝握住。

「瓏月！」左柚蒼白了臉蛋，被擋護在後方的她未看清一切，但也瞧見怵目心驚的鮮血滴墜至瓏月身下的地面。她心急地想奔上前，然而一聲大叫驀然響起。

「左柚小姐，別上前去！小白、小可也是！」大叫出聲的是柯維安。

這名娃娃臉男孩攀著一刻，吃力地站起。他的臉不知爲何也白得嚇人，眼神帶著驚恐。

就在這瞬間，瓏月又開口了，只是該是清冽的嗓音，卻變得有如野獸粗啞低哮。

那已經像是完全不同的另一個人在說話。

她說：「妳怎會傻得相信瘴的話呢？」

——那聲音，就和柯維安在花見旅館裡聽見的一模一樣。

一刻和左柚記得柯維安曾告訴他們，這裡有瘴異。只是接連被莊千凌等人和阮鳳娘的事轉移了注意力，以至於他們甚至大意地忘了瘴異的存在。

而彷彿就像要嘲弄他們的大意，一直隱匿的瘴異出現了。

可是他們作夢也沒想到，瘴異的宿主到頭來不是別人……居然就是最不可能的瓏月！

「不、這不可能……」左柚喃喃地說，手指不自覺摀上自己的唇，眸裡霧氣微閃。

瓏月是她的近衛，她很了解對方的個性。那名英氣的紅髮少女對族裡忠心不二，個性上一絲不苟，也從不與人爭什麼……這樣的瓏月，怎會被瘴異入侵，寄附於體內？

「這未免也太扯了……」一刻聲音發乾地說。一切壓根沒預兆，突然間他們就被宣告瓏月的體內有瘴異。

而阮鳳娘更是呆然，那抓握在她腕上的手指冰冷得令人害怕。她不敢置信地瞪著那名口吐他人之聲、輩分比她小的紅髮少女，然後驚恐地發現對方眼中的金黃色澤越來越少，不祥的猩紅正快速取代。

轉眼間，瓏月的眼眸已猩紅似血。

「我可是忍耐得夠久了，這身體實在不太好使。」不是瓏月的聲音說，「強制開出的洞果然還是不同於欲望自然造成的空隙，不過畢竟是同伴幫忙的，為了計畫將就一陣也是可以。但是，我現在可終於等到了……啊啊，多麼甜美、多麼美好，呼喚我、呼喚我，妳的欲望在不停地呼喚我。願望、希望、渴望，一切都不過是欲望堆疊而成。至於我等——」

「不可能……不可能！」阮鳳娘恐懼著想要掙脫箝制，但那十指強硬得像能錮斷她的手腕，她顫慄地尖喊出聲，「幫助我的怎麼可能是瘴！瘴必須藉由宿主才可以存在於世上，它沒辦法脫離宿主。而和我見面的那個人分明不是瓏月。他雖有著紅眼，但也有著實體，還裹著黑色斗篷……和我交換條件的絕對不可能是瘴！」

「但是，妳還不知道嗎？」那聲音壓低，宛如傾訴祕密的低語，「我們進化了，我們不用再傻傻地等欲線垂下，我們已經可以存在於這世間。噢，妳還不知道吧？不知道那些可恨的神使還給了我們一個新名稱。」

從瓏月口中溢出的聲音猛地咯咯高笑。

「瘴異、瘴異，我等——是異變的瘴！吞噬世間一切希望、渴望、願望，一切的欲望！」

高笑聲霍然拔尖成凶暴的咆哮。

隨著哮聲震撼夜晚，一束黑霧也從瓏月嘴巴內衝湧而出。黑霧一接觸空氣就化出實體，它的身形如裹著漆黑斗篷，臉部是一團渾沌，唯有兩簇不祥紅光發亮，宛如猩紅色的眼睛。

阮鳳娘感覺到腕上勁道一鬆，駭然地轉身想逃，但瘴異的速度太快。它迅雷不及掩耳地衝竄向她的心口，黑色的形體越縮越細，就像一條細細黑線。

「該死！」一刻不敢遲疑地擲射出白針。

蔚可可也反應迅速地搭弓疾射出碧箭。

可是他們的動作還是比不上瘴異的速度。

「妳沒辦法抵抗，阮鳳娘，妳不想救妳的孩子嗎？我能給妳更強的力量，拯救可憐的、失去元核的齊翔宇！」瘴異大笑，它看見阮鳳娘的腳步停滯一瞬。

就在這瞬間，黑線像蛇一樣鑽竄入阮鳳娘的心口，終至完全隱沒不見。

「可是鳳娘小姐沒有欲線……」柯維安驚慌地瞪大眼，他目睹了瘴異入侵阮鳳娘體內的景象。然而那名旗袍女子的心口前，卻沒有丁點由欲望具現化凝出的欲望之線。

這太奇怪了！就算瘴異不須等到欲線垂地，也不可能在毫無欲線的情況下入侵宿主身體，除非……

「我們從最開始就被矇了眼!?」一刻倒抽口氣，想起自己也不曾在莊千凌等人身上看見欲線。

問題是那三個巴不得拉著別人一起死的瘋狂小鬼，又怎麼可能沒有欲望失衡的時候？

就在瘴異全部入侵至阮鳳娘心口之際，瓏月的眼瞳也恢復金黃色。她臉龐蒼白如紙，眼簾一閉，身子頓如斷線風箏般倒下。

「瓏月！」左柚心急如焚地奔上前，及時接攬住那具倒落的身軀。

暴露在瓏月體外的匕首柄端如此怵目驚心，左柚一咬牙，握住柄端，將之猛力抽出。瓏月身子反射性一震，更多鮮血就要湧出的瞬間，左柚的另一手散發柔和白光，覆至傷口上。

而在同一時間，阮鳳娘的一隻眼眸已全然染紅，就如不祥的鮮血顏色。

「終於，得到更好更棒的身體了……」當那聲滿足的嘆息一滑出，阮鳳娘臉上也露出歪斜的惡意笑容。下一秒，黑闃霧氣平空自她身邊湧現，像陣旋風包圍住她的全身。

黑色的旋風越轉越快、越轉越快，在夜間產生了尖銳的音響。

「左柚！」一刻驚覺不妙，反射性衝向左柚，快得連柯維安也拉不住。

「宮一刻、左柚！」蔚可可也無法思考，身體比大腦還要快一步有了反應。她奔到左柚身旁，幫忙攙扶住瓏月。

沒想到就在這個當下，膨脹至極限的黑色旋風倏然炸裂。強烈的氣流往四周衝撞，眼看就要重重掃向來不及退避的一刻等人。

說時遲、那時快，緋紅火焰呼嘯拔地掠出，轉瞬成了一堵火焰之牆，硬生生擋下那陣衝撞。但是還有部分火焰被震濺得散落，即將波及到火牆之後的眾人。

一抹粉影飛速在空中劃出一道弧度，所有落下的碎火頓時皆被一柄打開的粉色蕾絲洋傘阻擋在外。

而在火牆中，隱約能見到淡金色的光壁閃耀。

沒有感覺到任何衝擊，一刻抬起頭，先是瞧見秋冬語不知何時佇立在蔚可可身畔，蕾絲洋傘像盾牌般遮蓋在他們之上。接著一刻再回頭，望見了曲九江正居高臨下地俯視自己，銀眸像嘲諷，但也有一絲細不可察的安心。

「你蠢得弄死自己的話，我可是會傷腦筋的。」曲九江說，右手臂上是閃耀的烈焰。

「蠢你妹。」這是一刻給自己神使的回應，不過他的唇角勾起笑。最後他見到位置離他們稍遠的柯維安盤腿坐在地上，氣喘吁吁，手裡還抓著那根等身長的毛筆。

一發覺一刻的視線，柯維安喘著氣地笑了。他比出一個勝利的手勢，像是想要表示自己雖然體力不濟，但總算還是能派得上用場。

一刻朝柯維安點下頭，旋即抓緊時間，負責扛起瓏月，示意其他人盡快後退。

感覺到火焰另一端的妖氣穩定下來，不再紊亂，曲九江瞇細銀眸，知道瘴異已經完全和那名三尾妖狐融為一體。他一個躍退，落足至一刻等人身旁。

前方的火焰之牆瞬時也一併消失。

進入一刻等人眼中的是阮鳳娘，卻又不是原來的阮鳳娘。

那名旗袍女子的半身仍維持人形，典雅的面龐、姣好的身段。可是另外半邊卻宛如嶙峋石塊堆集而成，形如醜惡異獸，眼珠的部位則是緊閉未睜，該是纖細的手臂變成了龐大的獸爪狀，猙獰嚇人。三條雪白狐尾上也滲出一塊塊灰濁色彩，乍看之下，簡直像遭到什麼可怕的污染。

那顯露在外的金黃眼珠不再，取代的是猩紅似血的不祥顏色。

紅色的眼，紅眼的瘴異。

不單如此，就連夜空上的白色毛線也染成詭異的暗紅，有如一道道醜惡的傷疤交錯在天幕之上。

「果然，還是眞正的欲望最爲美味。」阮鳳娘彎起紅唇，吐出柔軟的嗓音。她那隻還是維持人形的手臂舉起，五指置於心口處，紅眸笑吟吟地直視面前的一眾神使和妖怪，她忍不住舔舔唇，掩不住強烈的貪婪與惡意。

那視線就像要具體地舔舐向一刻他們，令人打從心裡感到不舒服。

「嗚啊，我怎麼有種自己被人當成大餐的錯覺……」柯維安搓搓手臂，打個哆嗦。

「不，你只是前菜而已，小神使。」阮鳳娘咯咯笑起，「眞正的大餐當然是我們的副族長。不過別擔心，我一個也不會放過的。傷害我孩子的神使，對我孩子的處置袖手旁觀的副族長……我一個也不會放過！」

那姣好的半邊容顏霎時變得猙獰，柔軟的嗓音混入粗礪，彷若人聲和野獸的哮喊交雜在一起。

「三名幼狐不夠，就再去抓更多的幼狐，我做的不可能是徒勞無功……只要是爲了翔宇，爲了我唯一的寶貝孩子，要我做什麼都願意！」

「願妳去死！妳他媽的也是神經病！」一刻大罵，「妳的孩子是寶貝，那其他人的孩子就不是嗎？」

「其他人的孩子？那些人又與我有何關係……噢，我的宿主是這麼說的。」低啞的笑聲從同一張嘴內流瀉出來，阮鳳娘眼中的紅光更熾，惡意更甚。

「小神使，你說她是神經病嗎？嘻哈哈哈，她怎麼不是？我的孩子沒錯，是別人不好，千錯萬錯一定都是別人的錯。爲了拯救我的孩子，犧牲別人是理所當然的。你們猜怎樣？我眞的是愛死這種神經病啊！」

紅眼的瘴異笑得上氣不接下氣，她用雙手掩住臉，詭譎的紅光從指縫間露出，看起來更加古怪嚇人。

「我得感謝我等的同伴，託對方的幫忙，我才能侵入那隻紅狐的體內。當然，也得感謝那些宵鼠的行動眞是時候，引開了那隻紅狐的注意力。」

宵鼠……宵鼠！難不成!?左柚頓覺骨子發冷。

她是西山妖狐的副族長，族裡的大小事自然都知情。宵鼠欲夜襲是在上禮拜發生的，隔天就是三名幼狐無故失蹤；而莊千凌等人溺斃在蘿岩湖，則是比這些都還更晚一點的事。

瓏月若在當時就被瘴異入侵，那麼從時間點上，確實符合接下來發生的一切。

瘴異找上阮鳳娘，誘使她拐騙幼狐，並且再強制留下莊千凌等人的亡魂，進行操縱……

「居然是從宵鼠試圖闖我西山時就……」左柚煞白了臉，顫著聲說，「但瓏月不應當被爾等入侵，她的欲望不可能在那時無故失衡……」

「就算沒有欲望產生的欲線，那麼，讓欲望失衡不就好了嗎？」瘴異，或者說阮鳳娘，柔聲地說。像是從那一張張驚駭的臉孔上感到無上滿足，她放下手，紅瞳底閃動著扭曲的愉悅，「那隻紅狐那時驚駭的表情眞的是太棒了啊！」

阮鳳娘放聲大笑，笑聲迴盪在蘿岩湖上。那混雜著獸類低哮的笑聲，在夜間令人感到不寒而慄。

一刻卻覺得有若一盆冰水澆淋下來，讓他壓抑不住湧出的寒意。

在沒有欲線的狀況下，讓欲望失衡？這種事……難道眞有可能……

他在高中時曾碰過類似的事，可那是利用欲線編織的手套，強行將人類本有的欲線拉長至碰地。而且手套的主人也早就灰飛煙滅，不存於世間。

可現在，居然又出現了這種前所未聞的……該死的，瘴究竟是進化到何種程度！

一刻攢緊拳頭，惡狠狠地瞪著半人半妖異形態的阮鳳娘，「你們他X的到底是怎麼做到的！」

「小神使，你問了我就會回答你嗎？你以爲我會回答傷害我兒子的凶手嗎？」阮鳳娘輕柔又陰狠地說，她忽地舉起手，皎白的手指在半空轉了一個奇異的手勢。

誰也不知道她要做什麼，就連左柚也不知道。

可是就在下個瞬間，一刻等人聽見了微小卻又清晰的破裂聲，就像有什麼東西在他們身旁碎裂了。

緊接著，柯維安臉色大變。他驚愕地望著躺在湖岸上的三名高中生，由於他們是仰倒或側倒，因此都可以瞧見他們未受遮掩的心口處。

而在那裡，一條細長的黑線宛如從衣後鑽出，垂掛在他們胸前。

不論哪個，胸口前赫然都有著——欲線！

「爲、爲什麼突然就有欲線……」蔚可可瞪大了眼，驚得摀住嘴，「不可能，之前明明就……」

「有趣的障眼法，就不知道是什麼時候設下的？」曲九江冷笑，頓時理解了前因後果。

「呵，打從一開始就設下的哪。你的腦筋動得比我想像的還要快，半妖。」阮鳳娘最後兩字像滲入輕蔑，陰暗的紅眸瞥視向那名紅髮銀眸的青年。「身爲妖，居然站於神使一方，你身上骯髒的人類血統讓你的腦袋也壞了嗎？」

「放你媽的屁！髒的是妳那張吐不出象牙的爛嘴！」一刻立即破口罵道：「曲九江那傢伙就算個性差勁，也比妳強上百倍！」

「呃……只有我覺得最後那段不用加會更好嗎？」蔚可可遲疑說道：「宮一刻那樣，都不知道是誇人還是損人了耶。」

「是……誇獎吧。」秋冬語細聲回答，傘尖微微舉高，「曲九江看起來很高興。」

蔚可可下意識目光一轉，剛好目睹曲九江輕扯脣角。但那不是冷笑也不是諷笑，就只是一個單純的弧度。

蔚可可茫然地眨下眼，發覺她越來越難以理解男人的友情這回事了。可是她老哥和宮一刻就超好理解啊，一看就知道感情好！

這廂蔚可可陷入不合時宜的困惑中；另一廂，柯維安沒有放過所有從阮鳳娘話語中透露的蛛絲馬跡。

從一開始……他們剛碰到莊千凌等人時，對方確實可能還沒生出欲線。那時他們尚未回想起自己早已死了，也還沒發生之後的那些事，欲望沒有失衡也很正常。

但是，阮鳳娘呢？

她早知道自己要迎接的是傷害自己兒子的人，她的心裡滿懷恨意。這樣的她，會沒有欲線存在嗎？

不可能！

幾乎在做出斷定的瞬間，柯維安也猛然憶起什麼，那兩道驚喊的聲音！在他們正式瞧見阮鳳娘之前，莊千凌和紀晴兒的手機無端發燙的插曲，已先引走他們所有人的注意力，包括安萬里也移開了目光。

「妳是故意要讓莊千凌和紀晴兒的手機變燙，而不是爲了阻止她們的行爲？」柯維安想也不想地吃驚喊道：「妳在那時候施下幻術的嗎？」

「啊，眞聰明，小神使猜對了。」屬於女性的嬌柔褪去，這次說話的聲音又變得粗礪低啞，像遭受砂紙大力磨過。

同時，另外半張臉上的猩紅眼瞳也張開了。但那不像人的眼睛，而像一塊醜陋的紅色石頭嵌附其上，中心處彷彿閃滅著光芒。

紅眼的瘴異咧開了嘴，「你可眞是聰明得讓我想要將你撕成兩半，再慢慢吃了你。就連那三個蠢小鬼不是人的事也是你發現的，只可惜你沒猜出我第一個宿主是誰。不過，也足以讓人誇獎了。爲此，我可以特別告訴你……沒錯，就是從那時候開始。我無知的現任宿主，根本就不知道我爲什麼要叫她施下障眼法術。眞是蠢女人，當然是要藏起她自己的欲線，她可不曉得自個兒的欲線早就長得要拖地了。」

「不對！」柯維安猛地高聲反駁，「既然鳳娘小姐的欲線碰地，照理說早該先釣起別的瘴！」

「問題是，你自己不都講了，『照理說』嗎？」瘴異的笑容歪斜，半邊白皙的皮膚下驀地浮迸出一條條血管。血管一路攀爬至臉上，像是青色的荊棘之網，將那半邊僅存的姣好破壞殆盡，「照理說。」

「除非，有比瘴更強大的存在……」

「……瘴才會不敢擅自靠近長得碰地的欲線。」一刻和左柚啞聲說。

「恭喜——」阮鳳娘半邊身子的異變沒有停止，深青的血管真的化作荊棘突刺出來，狐尾上宛如遭到污染的灰漬也浮現在那白皙的皮膚上。

除了五官依稀還辨認得出來是那名曾散發雍容典雅氣質的女子，站在一刻等人身前的，已是貨真價實的，怪物。

全然異變的瘴異咯咯低笑，笑聲拔尖，然後是瘋狂的大笑。

「答對了啊！」瘴異咆吼，同時身後的三條狐尾冷不防揚起擊地。

地面震動，像來自深處的黑影霍然鑽湧。它們往蘿岩湖的方向快速逼近，不對，它們是在往莊千凌等人的方向逼近！

那是……

「我的同胞，我允許你們吞了他們、吃了他們！好好享受那三名亡魂的欲望吧！」瘴異揮高手臂，尖聲吶喊，「條件已交換完畢，我的宿主得到以為可以挽救什麼的想像，而我終於得知了西山封印的所在地！啊啊，願望、希望、渴望，一切不過都是欲望，我等則是吞噬所有欲望的瘴！為了我等的『唯一』，將世上的欲望都吞吃殆盡——」

隨著尖厲的咆吼迴響，地底下似乎也傳來轟鳴，彷彿那些黑影也在放聲吶喊。

它們是瘴，它們會呑掉宿主的全部欲望！

瞬間，逼近莊千凌三人的黑影突出地面，高高躍竄而起，那姿態簡直就像咬住釣線，被猛地釣起的不祥黑色大魚。

與此同時，紅眼瘴異腳下驟冒出鮮紅大火。火焰飛快地舔舐她的全身，轉眼怪物般的身影消失，取而代之的是一隻體型巨大的三尾妖狐。

只不過該是金耀的雙眼卻一片血紅，半側身子受到石塊包圍，雪白的皮毛上更是像被大幅度污染，詭異的灰漬暈染其上。

三尾妖狐像是咧笑地發出一聲嘶吼，緊接著竟拔腿高躍，有如一支離弦之箭，迅雷不及掩耳地衝掠過一刻等人，一晃眼消失了蹤影。

一切來得太突然。

「那個狗娘養的！該死！」眼見三尾妖狐消失於蘿岩湖，一刻反射性欲追，可是跨出的步伐猛地又煞住。他惱怒地咋下舌，扭頭望向在夜空中伸展開形體，宛若布料攤展的三抹黑影。

底下是失去意識的莊千凌、紀晴兒、許明耀。

只不過轉眼間，黑影便已兜頭蓋下，徹徹底底地將三名少年少女包覆住。

它們呑吃了他們的欲望，融合成完全體只是時間早晚的問題。

「宮一刻，快追啊！」突然大喊的人是蔚可可，她用力指向三尾妖狐消逝的方向，「那傢伙交給你和左柚負責，這裡由我和小語處理就可以了。不要擔心我們，我們可是默契超好、又戰鬥力超強的美少女雙人組！」

有人會在這種緊要關頭還堅持自己是美少女的嗎？一刻匪夷所思地瞪著蔚可可，但是嘴角弧度卻越揚越高，眼裡的戰意也像火焰般升騰而起。

「我自願留下當小可和小語的後援，總要三對三才公平嘛。」柯維安自告奮勇地舉起手。

就在這時，一道微弱的嗓音也加入。

「請讓在下……也能出上一份力。」說話的人赫然是瓏月。

那名臉色蒼白的紅髮少女不知何時睜開了雙眼，瘴異帶給她的那擊讓她身負重傷，即使有左柚幫忙止血，仍感受得到傷口處猶如烈火灼燒。可她還是咬牙站起，壓下了湧上的痛楚，朝左柚單膝下跪，一手握拳置於胸前。

「副族長，請讓我將功贖罪……我竟然失態地讓瘴異入侵卻不自知。」比起傷口的疼痛，瓏月更加感覺到的是一股灼灼的憤怒，對於瘴異、對於阮鳳娘，可絕大多數是對於自己。她低下頭，從齒縫間迸出懊悔的聲音，「一切都是屬下的錯，我必定會傾全力幫助維安先生等人，擊敗此地的瘴！」

「……我明白了。」左柚輕聲地說，她伸手放置瓏月肩上，「我明白妳的忠心不二，妳是我族值得驕傲的近衛。瓏月，那不是妳的錯。」

瓏月感到眼眶一熱，她嚥下激動的情緒，握緊拳頭。再站起時已是筆挺凜然的英姿，彷彿一桿屹立的長槍。

一刻沒有問柯維安爲什麼不跟著自己一起，他只是將視線掃向曲九江，對他點下頭。

「宮同學，我知道阮鳳娘……瘴異會去哪裡。」左柚看著一刻，她的衣裙同時泛起金紅烈焰，「請，抓好我。」

當最後一個音節落下，左柚柔弱的臉龐湧上堅毅色彩，那具纖細的身軀也往著青礦谷公園的方向奔躍。

剎那間，金紅色的壯麗火焰吞噬了她的身影，轉而從火焰中衝出的是隻四尾妖狐，金褐的毛皮與狐尾奪目華麗，成爲黑夜中最耀眼的存在。

幾乎在左柚幻化爲四尾妖狐的同時，一刻與曲九江也飛身躍上她的背。

沒有絲毫的遲疑，四尾妖狐腳踏金紅焰火，如旋風般緊追著瘴異的行蹤而去。

待那二人一狐消失於視野外，柯維安馬上像失去支撐的力氣，冷汗直冒地跌坐在地。

「維安先生！」瓏月大驚。

「沒事……就是，體力透支了而已。」柯維安喘著氣苦笑，「待會兒我還是會盡力幫忙的……啊啊，這時候能有我的小天使給我一個擁抱的話……」

「什麼?」瓏月困惑，可是又本能地不想多問。

「這種時候變不出那種東西的啦，小安。」蔚可可抓著自己的碧綠長弓，三支箭矢已架在弦上，隨時做好發射的準備。她緊張地盯著莊千凌等人的方向，黑影完全貼合地裹附在他們身上，現在躺在那裡的更像是有著人形的黑色物體，「你要是撐不住的話就躲起來，我會好好保護你的，看我的吧！」

「我會……在保護可可的時候，一起保護你，小柯。」秋冬語闔起傘，使之像柄西洋劍般持握手中。而她的另一隻手，手指尖隱隱有結晶似的紅光，「所以等我們打完之後，可以四個人一起再出去玩。我和可可，你和小白……老大，說這樣就叫作DOUBLE DATE。」

「雙對約會好像不是這樣用的……不過，這提議眞的太誘人了。」柯維安咧開笑容，眼睛發亮。他從地面爬起，抓緊沾著金艷墨彩的毛筆，雙腳還有些發抖，可是秋冬語的話語就像一支強心針注入他的心裡。

瓏月也握著自己的青石棍，擺出蓄勢待發的攻擊姿勢。

黑影完全沒入三名少年少女的體內，他們搖搖晃晃地站起，然後眼瞳睜開，流瀉出一片不祥的似血鮮紅。

屬於瘴的大量妖氣充斥在蘿岩湖周圍。

柯維安卻是咧嘴一笑，戰意高漲。

「爲了和我家甜心小白約會，我覺得有源源不絕的力湧進啦！儘管放馬過來吧，瘴！」

第十章

化為四尾妖狐型態的左柚速度飛快，那道金褐色的身影乘載著一刻和曲九江，像是一道閃電飛劃過夜空。短短的時間，便躍出了青礦谷公園，來到緊鄰著岩蘿溪的大馬路上。

踩著金紅火焰的獸足落地只是剎那的事，下一秒，又繼續像支箭矢般飛竄向底下的方向。

乘坐在妖狐背上的一刻看得清楚，沿著那處直下，最後抵達的會是岩蘿捷運站。

難不成……瘴異就在那裡？但是，她不是說自己已得知西山封印的所在地？

「宮同學，你想得沒錯……」彷彿得知一刻心思，屬於左柚的輕柔嗓音直接迴盪在他的腦海裡，「岩蘿捷運站正是西山封印的起點……其他的，等到了再說。」

一刻頓地凜了心神，雙眼直視前方。無論如何，宰了那隻混帳瘴異才是最優先的事。不過在那之前，該逼問的也得逼問出來。

「曲九江，等等不准燒太快，記得起碼留一口氣。」一刻嚴厲地看著身旁的半妖青年。

「你難道不信我嗎，小白？」曲九江哼了一聲。

「信你妹，老子才不相信你這個縱火狂。」一刻斬釘截鐵地回答。

無視身旁驟降的低氣壓，一刻的注意力重新擺回前頭。

在四尾妖狐的全速奔馳下，岩蘿捷運站廣場已近得可見。

廣場周圍的路燈大亮，在那裡，赫然佇立著一抹怵目身影。

那身影半邊如石塊堆疊，宛如一個醜陋笨重的石像，可是另外半邊又是截然不同的樣貌。白皙中染著灰漬的皮膚上，深青色的荊棘從底下鑽刺出來，一圈圈纏繞著，在頸項處更是環結成如項圈的模樣。

三條像是遭受污染的長長狐尾拖曳在背後，一雙猩紅的眼睛不閃不避地直望著和自己所站之處急速縮減距離的四尾妖狐，像是早已預料到對方的到來。

「……四尾妖狐，呵。」瞇眼看著褐金色的身影迅速落地，待背上兩抹人影跳下後，又恢復成少女姿態。阮鳳娘發出嘲諷般的笑聲，接著她張開掌心，猝然轟擊出數團赤紅火球。

只是那些火球的攻擊目標卻不是一刻等人，竟是朝著他們身後而去。

隔了一條馬路，在後方是岩蘿公園，同時也是岩蘿溪橋邊欄杆的起始處。

左柚當下變了臉色，「不可！」

她張開雙手，金紅色的狐火飛快升起，眨眼間強勢地攔撞在阮鳳娘的火球之前，一口氣反將之包圍吞噬。

金紅色的狐火又緩緩浮立在左柚身邊。

阮鳳娘沒有露出失望之色，反倒彎起了嘴唇。

「果然，果然就如我宿主所說，西山的封印竟然是落在那裡。那麼明顯，卻又是誰也不會發覺的地方。我本來還不怎麼相信，可是妳的反應證明了答案。」那道肖似野獸、從阮鳳娘口中發出的聲音說，「從這裡開始，往前一路延伸，整條受到欄杆圍繞的岩蘿溪均是封印的所在地。就不知道……西山封印的是哪一部分呢？」

「妳爲何！」左柚堅毅的表情頓時變了，臉色也微白。她繃緊身子，四周狐火也像感應到她的情緒，不穩地晃動著，「妳究竟……是如何得知的？」

「我如何得知？我是妖，我是瘴異。」阮鳳娘欠身行了個禮，頭微抬，一雙紅眼像窺探似地露出。她微笑，眼神既惡毒又陰暗，「我怎會不知道妖怪中的『唯一』？她是災禍，她是獨一無二，幾乎讓所有妖怪視爲公敵。可是你們隱瞞了，你們對那些無知小妖宣布，那位在七百年前就被她的天敵封印、被四大妖聯手消滅，你們選擇了——蒼淚被消滅的謊言！」

蒼淚？這是一刻第一次聽到這名字。那就是胡十炎和安萬里口中提過的「唯一」嗎？西山封印的是哪一部分……其他地方也有封印嗎？又爲什麼，妖怪居然還會被其他妖怪視爲災禍、公敵……

太多疑問充斥在一刻的心頭，他不由自主地望向繃著身子的左柚。

很顯然，那名褐金長髮少女是知情的。

「任憑妳覺得我等捏造謊言也罷。」左柚深吸一口氣，袖裡握住的手指一根根放開，金澄的眸子筆直地望著那雙不祥紅眼，不閃不避，無所畏懼，「但西山，岩蘿鄉不是妳說來就來、說走就走的地方。不管妳圖的是什麼，都別想破壞『唯一』的封印。妳現在該做的事——」

「就是滾出我族人的體內，瘴異！」

金紅狐火瞬間壯大火勢，凶猛地直衝向正前方的阮鳳娘。同時更多金紅色的碎焰平空燃現，密密麻麻地聚集在捷運廣場上，使得這個地方簡直亮如白晝。

左柚的妖氣不再壓抑地釋放出來，在阮鳳娘閃避過第一波攻擊時，身後的四條狐尾也瞬時伸展、甩動。金褐色尾巴宛若鋒利的鐮刀，快速連連劈砍，周遭密集的碎火更是如流星砸下。

但是阮鳳娘在笑。

那名紅眼的瘴異興奮發狂似地大笑。

「嘻嘻！哈哈哈哈！滾出去？我的宿主願意暴露內心空隙，更不用說她的欲線早就長得碰地。她怨恨同族人的無情無義，怨恨族長的偏袒不公，怨恨那些該死的神使傷害她唯一的孩子！保護他、拯救他，只要爲了她的孩子，要她做什麼都願意！」

烈焰飛繞中，那道瘋狂的大笑還在繼續。

「她的欲望就算不招來我，也會被我下一位同胞鑽入，我等怎可能會放棄如此美好的欲望！我不會離開我的宿主，除非——把妳的身體給我！妳這隻現在只有三尾實力的四尾妖狐！」

尖銳的吼叫聲中，火光裡一抹黑影猛然衝出，眼看就要直逼左柚面前。

阮鳳娘的身上、衣上有不少焦痕，也有被狐尾刮傷的傷口，但那些都不是重傷。她的紅瞳迸閃出瘋狂的光芒，可怖的臉上是猙獰的笑意。

那隻由石塊堆疊出的畸形獸爪高高舉起，瞄準了左柚來不及防護的心口。

「給妳老木啊！」

當暴喝響起的剎那間，白光在阮鳳娘眼前閃逝而過，旋即那隻石塊塑成的獸爪遭到一股蠻橫的力道擋下。

阮鳳娘愕然，收縮的眼瞳裡倒映出白髮男孩狂暴的笑容和凶戾的眼睛。

一刻的白針接擋住阮鳳娘的獸爪，他扯開嘴角，下一秒，一腳掃踹向阮鳳娘的身子，專挑的還是猶然人身的半邊。

縱使荊棘扎穿了牛仔褲，刺痛了底下的皮膚，一刻就像毫不在意那份疼痛，仍是傾注全部力道。

這突來的一擊，阮鳳娘壓根就沒預料到。半人半妖組合在一起的身子登時往旁飛撞，重重撞上了廣場邊側的粗大石柱。

受到那份衝擊，石柱表面頓時裂開數道深深縫隙。

阮鳳娘摔墜在地，感覺到背部、頭部還有腰間都傳來疼痛，一時視線對不準焦。

「妳在看什麼?」突地一道低沉男聲落下。

阮鳳娘一驚，飛快抬起頭，卻見一名紅髮銀瞳的青年竟是不知何時蹲踞在石柱頂端。是那名半妖?他要做什麼?

阮鳳娘急急欲撐起身體，然而曲九江豈會給她時間。

曲九江快速躍下，但手中冒出的不是緋紅烈火。相反地，卻是白光瞬閃，兩柄烙著白色光紋的長刀被他抓握在掌中。

阮鳳娘不敢置信地瞠大眼。那個氣味，那個討人厭的氣味……爲什麼會從一名半妖身上傳出!這不可能、這不可能……

就在阮鳳娘震驚的刹那間，兩柄長刀已然逼來。

阮鳳娘想也不想地張嘴噴吐出火球，垂伏地面的一條狐尾也凶猛地扎刺向那道修長的身影，不過卻落空了。

即使如此，阮鳳娘自己也避開了那突來的刀襲。她撐伏在地面，髮絲凌亂地垂散著。她想要給予嘲笑，可是耳中卻忽然捕捉到奇異聲響。

「所以我不是說了，妳在看哪裡?」曲九江輕巧無聲地落在另一端，長刀垂下。就算隔了一段距離，也能讓人望見那靜靜攀附在他頸側至下頷的白色花紋。

神紋的氣味如此明顯，那是神使的證明。

可是，阮鳳娘已經無暇在意心裡對對方身分的震驚，因爲在她尋著那奇異聲響、下意識仰頭的瞬間，她看見了石柱崩裂。就像堆得高高的積木塔忽然被人推倒，一塊塊灰白的石塊圮倒下來，朝著她所在的方向。

「什……」阮鳳娘的驚喊還來不及完全吐出，視野就被那片灰白佔領。巨大笨重的石塊砸了下來，轉眼遮蓋住那半人半妖形態的身影。

石塊墜地的聲響迴盪在偌大的捷運廣場，石板花紋地面也彷彿跟著一震。在那些石塊堆疊處附近，還可以瞧見地面也裂出凹痕。

原來曲九江在躍下的那短短一瞬間，同時也劃切開石柱，就等之滑落崩解，進而將阮鳳娘壓覆底下。

一刻當然不認爲這樣做就能給阮鳳娘帶來致命一擊，但多少能爭取到時間。

「左柚！」一刻霍地抓按住左柚的肩膀，他不可能忽視那個問題，他一定要得到答案，「只有三尾的實力是什麼意思？妳不是四尾妖狐嗎？」

「是……」左柚像是受到驚嚇般眨了幾下眼，可那濕潤宛如一泓金潭的眼眸很快又顯露堅定，「我現在的實力，確實和三尾差不多……我將一尾的力量作爲分身，留在靜修之地坐鎮，我原本以爲不會被注意的。」

「不會被注意？」粗啞的嗓音充斥在這座廣場上。

一刻等人一驚，立即回過頭。

在不規則堆疊起來的石塊底下，頓時竟漫滲出黑色物質。它們越滲越多、越滲越多，然後在三道警戒的目光下，忽地如一塊柔軟的布料捲起，在半空中化爲人形。下一秒，又化作半人半妖的詭異形態。

阮鳳娘看起來沒有受到太嚴重的傷，那雙眼瞳則愈發地猩紅嚇人。

「妳當眞以爲我沒有發現到嗎？」紅眼的阮鳳娘，或者說紅眼的瘴異開口，「妳的火焰，證明四尾妖狐力量的金色狐火顏色，如今卻是雜駁了其他顏色。」

一刻一震，他沒有想到左柚狐火顏色改變，竟有著這層原因。

「若妳還有四尾妖狐的實力，或許我會佔了一點下風。可是，既然妳只剩三尾，我的宿主也是三尾，加上我的力量……」瘴異不懷好意地綻開獰笑，「我看妳還是乖乖被我吃了吧！當然，還有那兩個可恨的神使！噢，不過半妖的那位我要最後吃，我要剖開他的身體，挖出他的大腦還有內臟。我要來研究看看那個血統骯髒的小半妖，是怎麼接受那股令人作嘔的神力，成爲同樣該死的神使的！」

伴隨著猙獰的咆哮聲，阮鳳娘張開雙臂，轉眼間她的兩側居然衍生出大量白影。

那些外形肖似狐狸的白影齜牙咧嘴，不約而同地嘶吼著衝奔，宛如白色潮水淹來。

白影前仆後繼地擁向一刻、左柚、曲九江，尖利的牙齒和爪子不留情地咬齧、撕抓。

面對這密集的包圍，一刻的白針也不客氣地凶暴反擊。凡是白針揮劈之處，皆能聽到火焰灼燒般的滋滋聲響。隨後那被針尖刺入的白影，就像燒剩的焦黑灰燼，嘩啦嘩啦地灑落於地。

不光是利用白針，一刻的另一手也沒閒著，或是擋住撲來的抓咬，或是乾脆徒手抓住白影，粗暴地往前砸回去。

那份威獰的狠勁，竟是比野獸還要更像野獸。

而另外兩方的左柚與曲九江，則是使用自身最熟練的火焰。金紅和緋色接連不斷地燃生而起，有時是火球，有時又化爲長鞭或箭矢，毫不留情地殲滅那一波波逼來的白影。

阮鳳娘又豈會看不出再要不了多久，那些狐形白影就會被消滅殆盡。可她不急反笑，紅眸狠毒。就在白影爭先恐後地攻擊一刻等人時，她也早已暗中準備。

注意力放在白影身上的三人全然沒有發現到，有什麼在不知不覺中疾速接近。

等到左柚驚覺腳踝上猛地傳來一陣緊縛已經來不及了。她大驚，先是即刻將眼前僅存的白影一口氣清除，接著再低頭，進入眼中的景象讓這名褐金長髮少女抽了一口氣。

一刻和曲九江也看到了。

事實上，當白色狐影盡數被消滅，花紋石板也重新展露在視野內，不再被白影遮覆住。但是，卻有另一種原本不存在的東西分布在上頭。

黑色的絲線像是髮絲糾結，從阮鳳娘足尖前一路蔓延，不著痕跡地靠近了一刻等人。

不僅僅是左柚，就連一刻和曲九江也一時大意，被那些黑絲纏縛上雙腳。黑絲纏繞速度太快，馬上就要來到腰間。

此刻的景象，就像先前蘿岩湖的重現。

「那三個小鬼的攻擊方式可給了我靈感，想必現在他們已將你們的同伴撕吞殆盡。」阮鳳娘款款地一步步走上，踏過黑絲，三條狐尾隨之微微擺動。「負傷的近衛、戰力不足的小神使，還有個來歷不明的小丫頭，相信我的同胞一定享用得非常愉快。」

「我呸！妳說反了吧，醜八怪，要被宰得片甲不留的，是那些癉才對！」即使行動受制，一刻還是獰笑著說。

「還有餘力耍嘴皮子嗎？我就要看看，這樣你們還笑不笑得出來？」阮鳳娘紅眸異光大熾，三條狐尾迅雷不及掩耳地伸出，分別捲住了一刻、左柚和曲九江，然後朝著三個不同方向重摔出去。

沉重的悶響接連在捷運廣場上傳出。

被剝奪行動的三人根本來不及反抗，只能被迫重重撞擊上石柱或是地板。

左柚的狐尾像是有自主意識，及時包圍住她的身子，減輕了衝擊力，身上的黑絲則因為阮鳳娘方才那一捲，斷裂大半。

左柚揮扯開殘存的黑絲，下意識搜尋起一刻的身影。然而撞入眼中的，卻是令左柚呼吸一窒的光景。

白髮男孩滑坐在石柱下，強烈的撞擊力道似乎讓他一口氣緩不過來，那張原本凶氣十足的臉龐流露出壓抑的痛苦。而就在他前方不遠處，阮鳳娘的三條狐尾末端皆燃出鮮紅火焰。

火焰轉瞬漲大，同時更多的狐火浮現。火光映亮那張可怖的臉，也映照出那雙猩紅眼瞳中的滿滿惡意。

「好了，不是要笑給我聽嗎？就在烈火焚身中笑給我聽吧！」阮鳳娘猛然揮下手臂，全數狐火疾速前衝。它們中途匯成一塊，形成了張牙舞爪的火狐模樣，張開嘴，撲咬向還靠著石柱的白髮男孩。

「小白！」曲九江甫撐起身子就撞見這一幕，那張總是掛著冷淡表情的臉瞬間驚恐地扭曲了。他想要救他的室友、他的神，但受到猛力衝撞的身體卻沒辦法在第一時間配合，只能眼睜睜看著驚人的火焰就要吞沒那抹身影。

說時遲、那時快，一道纖細人影衝擋在一刻身前。

金紅色的火焰瞬間拔地衝起，凝匯成一排火牆，硬生生截斷了火焰之狐的衝勢。

火狐撞上障壁，頓時形體潰散，可是赤色的火焰仍在。

見到左柚居然擋下了自己的攻擊，阮鳳娘怒極反笑。她的三條狐尾在下一秒全燃生出赤火，乍看下就像身後拖著三條長長的火焰。她雙手猝然再往前推撞，身後的狐火一口氣奔湧向前，注入了最前端的火焰當中。

赤色和金紅就像兩股勢力，彼此互不退讓，拚命設法往前擠壓，好逼得對方節節敗退。

漸漸地，左柚的臉色變得蒼白，細微的汗珠從額角淌落滑下。

如今僅剩三尾實力的左柚開始感到一絲力不從心，可她咬緊牙關，依舊不肯退讓。她不能退，她要保護宮同學……她要保護一刻！

「後悔妳做的愚蠢決定吧，四尾妖狐！妳就死後再去後悔自己爲什麼要分散力量！別忘了，這裡是我的世界，別想贏過我！」阮鳳娘紅眸大熾，鮮紅色的火焰竟猛然又壯大，硬生生壓制住前方的金紅，並且不斷往前逼迫，一寸寸地蠶食金紅的勢力。

左柚的雙手在發顫，雙腳更是被逼得逐漸往後滑退。她咬住下唇，再猛力將掌心往前推撞。

霎時，兩方火焰就像承受不住壓力，雙雙彈開抵銷。

無數碎火像飛螢般飄落。

左柚卻彷彿遭受了無形氣流的衝撞，纖細的身子再也無法支撐，頓時就要倒落在地。

「左柚！」一刻大吼，從撞擊的疼痛中緩過神來的他眼明手快地伸出雙臂，接抱出那向後跌的人影。

相較之下，阮鳳娘則似乎未受影響，只是唇角滲出一條細細血絲。

抹去污血，她拉開一抹冷酷的笑容，二話不說又再召集新一波火焰。渾身赤紅的火狐再度成形，但這回體型更大。

挾帶著駭人的高溫與熱度，火焰之狐發出無聲咆吼，快若流星地躍竄同一方向——

一刻和左柚所在的方向！

火焰之狐的速度太快，一刻抱著左柚無處閃躲。就算知道只是徒勞無功，他仍是反射性以自身作爲盾，擋護在左柚身前。

阮鳳娘眼中散發出狂熱的快意，卻沒想到在千鈞一髮之際，另一波緋紅烈焰轟然砸至！

「什——」阮鳳娘愕然，可她立即想到這股火焰屬於誰。她扭頭，果然瞧見紅髮銀瞳的青年已然撐站起身子，臂上是圈圈緋火環繞，腳下是紅焰向外旋綻。

曲九江的銀瞳裡滿布前所未有的恐怖殺意，頸側與下頷已不見白紋，神力的氣味消散，取而代之的是滿溢出來的濃烈妖氣。

一瞬間，幾乎令阮鳳娘呼吸一窒。

「誰讓妳動他的？」曲九江嗓音無盡森寒，「我有允許妳動我的神一根寒毛嗎！」

就在暴喝砸下的刹那，曲九江腳下的紅焰倏然飛竄起，沒入和阮鳳娘火狐僵持不下的火焰中。

神？那個半妖在說什麼？這裡哪來的神，有的只是一頭四尾妖狐和神使……！一個連阮鳳娘都覺荒謬的念頭剛竄冒，馬上就被她丟棄。火狐另一端霍然傳來的壓迫感讓她驚駭，也讓她無暇再分心其他。

阮鳳娘瞪大了眼，看見那緋紅之焰竟是越來越壯大，甚至凝出了形體，兩側飛焰伸展，乍看下就像是一頭詭形翼獸。

那是什麼？那是什麼？不可能……

「你的火焰不可能有辦法贏過我！」阮鳳娘的尖喊卻有著藏不住的驚慌失措。她感受到自己的火狐被逼得後退，不同於先前的凶猛，現在就像想夾著尾巴逃跑的喪家之犬。

不不不，她豈會輸給一個年紀輕輕的小半妖！這完全不合理！

「這完全不合理！這是我的世界，更不用說百年狐火怎可能會輸給你這毛頭半妖！」阮鳳娘的聲音和癉異的聲音同時怒吼，吼聲震天，震晃了整座捷運廣場。

但曲九江只是面無表情、眼神冷酷地說了：「妳太礙眼了，垃圾。」

幾乎是話聲墜落空氣的剎那，屬於曲九江的火焰翼獸張開駭人大嘴，發出無聲的戾嘯，雙翅飛振，體型轉眼又膨脹一倍，迅速吞沒了相較之下顯得弱小的火狐。

緋色火焰沒有停歇，依舊往前飛衝，筆直地鎖定了更前方的眞正目標。

阮鳳娘面無血色，她和她的癉異一同放聲尖叫。她轉身想逃，可是那可怕的火焰怪物來得太快，緋紅的火舌立時捲上她的手臂。

阮鳳娘回過頭，紅眸裡是恐懼和絕望，以及倒映在眸底處那漫天無邊的滿滿赤艷之色。火焰毫不留情地飛撞上那抹半人半妖的身影。

「不不不——啊啊啊啊！」在淒厲的號叫聲中，火焰的衝力帶著其中的黑色人影，撞進了捷運站大廳裡，立在中央的巨大雕塑當場被撞得毀壞。

大大小小的石塊和黑色人影一併掉墜地面，一陣巨響過後，大廳內便再無動靜，緋色的火焰翼獸也消逝無蹤，空氣裡只剩未散的燠熱和焦味。

曲九江手臂上的火焰也驟然散逸，他腳步猛地踉蹌一下，又及時穩住。然而他的髮絲開始恢復棕褐色，包括眼眸底的銀星色彩也褪得一乾二淨。

前一秒還妖氣沖天的半妖青年，這一秒卻又像變回了尋常人。

曲九江發現自己的妖力耗損得幾近見底，他自己也想不透爲何他的火焰忽然出現了前所未有的變化，彷彿在那一瞬間，心底深處有什麼衝破而出……

不過曲九江沒有多想，他立刻轉過身，察看一刻的情況。

白髮男孩靠著未毀的石柱喘氣，懷裡還抱著褐金長髮少女，臉色仍偏蒼白，模樣也很狼狽，但總體來說並無大礙。

一刻瞪著曲九江，眼裡有著驚訝——他也目睹了那驚人的火焰——可更多的是讚賞。他扯動了下唇角，嘴唇微動，就像在對自己的神使說：幹得好。

曲九江哼了一聲，只是那在旁人聽來，或許更像是掩飾自己的笑意。

「沒摔到腦袋壞吧，小白？」曲九江居高臨下地看著一刻，然後伸出一隻手。

「幹！你才腦袋摔壞，你全家……算了。」思及這一罵下去，連楊百罌、楊青硯和珊琳都被掃到，一刻彈下舌，嚥回後半段的咒罵。他反手大力握住曲九江的手，正要借力站起，卻在那瞬間，睜大眼、瞳孔縮收。

「曲九江！」一刻幾乎反射性地反將對方猛力拽下。

曲九江聽到有什麼東西自他上方呼嘯而過，接著是炸裂的聲音。

凌空射來的火球在目標消失後，撞擊上前方石柱。雖然沒有造成石柱嚴重破壞，但還是炸出了一個凹坑，碎石與火星向下濺落。

數條金褐色的影子迅速遮覆在眾人頭頂上方。

左柚咳了幾聲，忍住氣血翻騰的不適感，坐起身子，和一刻一同往前望去。

阮鳳娘披頭散髮、拖著身子，自捷運大廳走出。半邊石塊不停地崩落，焦黑的痕跡與大面積的灼傷在她身上處處可見，看起來既狼狽又恐怖。

「別以爲……這樣就結束了！」阮鳳娘厲聲喊，「還沒結束，我不會讓它結束的！爲了我等的——」

喊聲變成尖嘯。

「『唯一』完全復活！」

誰也沒料到，阮鳳娘居然猝然往捷運廣場對面衝掠而出。

那裡是岩蘿溪圍欄的起點，也是西山封印的開始。

「不行！」左柚大駭，不顧自己負傷在身，想也不想就要追起，可是一刻抓住了她的手腕，「宮同學！」

「用不著擔心。我剛說了吧，要被宰得片甲不留的是那些瘴還有瘴異。」一刻拉開了凶暴的笑。

「什麼？」左柚一愣，迅速扭頭向外望，隨即她見到了——

「小看那幾個傢伙的人，可會吃大虧的。」一刻說。

就在同一時間，阮鳳娘也見到了，有什麼沿著岩蘿溪修建的公路飛馳衝來——火紅的兩條狐尾、金瞳灼灼，那竟是二尾妖狐！

赫然是瓏月載著柯維安、蔚可可和秋冬語趕至了。

「這場戲拖得夠久，該讓一切都結束了，妳也該乖乖滾下舞台了。」娃娃臉的鬈髮男孩露出大大的笑容。他的手上此時卻抓握著碧綠長弓，而搭在弓弦上的不是箭矢，竟是支巨大的毛筆，筆尖染著金墨，在夜間格外鋒利耀眼。

「瘴異！」

「誰都別想阻止我！」

大喊聲與嘶吼聲幾乎同時劃破黑夜。

阮鳳娘張口再噴吐出猛烈的大火。

柯維安手指瞬間放開弦線，染著金墨的毛筆頓如利箭飛射，筆直破開火焰，速度不減地貫穿了阮鳳娘的身軀。

阮鳳娘瞠大眼，張開的嘴像要喊出什麼，但吐出的只有無聲音節。

強勁的衝力將那具軀體連人帶筆地釘穿在捷運廣場的牌樓圓柱上，裂痕像蛛網般迅速擴散開來。

隨著毛筆化作金光點點飄散，那具離地的身軀也重重滑墜下來，幾無生氣地倒臥在地。

「小白！」

「宮一刻、左柚！」

化爲二尾妖狐的瓏月前足才一踩上廣場地面，坐在她背上的柯維安與蔚可可馬上迫不及待地跳下。但還沒等他們站穩，他們就發現身後有異。

巨大紅狐身形瞬縮，轉眼變回人形，幾乎狼狽地摔倒於地。

「瓏月！」

柯維安和蔚可可急忙要衝前，幸好秋冬語眼明手快，及時地抓住了瓏月的一條胳膊。

秋冬語力氣本就異於常人，當初連一刻都能攔腰抱起。因此她單抓著瓏月的手臂，就足以拉起對方。只是這樣的方式，反倒讓瓏月的臉更蒼白了。

「等等，小語，我也來幫忙！」蔚可可一眼就看出問題出在哪裡，趕緊跑到瓏月的另一側，攙扶起對方的另一隻手臂，並且指導秋冬語修正姿勢，「小語，要像我這樣……對，很好。」

在兩名女孩的協助下，瓏月被帶到左柚身邊，讓她能靠坐著石柱休息。

但是瓏月不敢放鬆，剛一坐下，又掙扎著想站起，想先屈膝詢問左柚的情況。

「我沒事，我和宮同學……還有宮同學的朋友都無大礙。」左柚看穿自己近衛的心思，溫柔又強硬地將瓏月按回位子，「好好休息，瓏月。這是……我的命令。」

「是，在下遵命。」知道副族長和其他人安好，瓏月吐出一口氣，按著雖已止血但仍灼痛的傷處，終於安心地半閉上眼。

「宮一刻、左柚，你們真的沒事嗎？真的嗎？」蔚可可蹲跪在自高中就認識的好友們面前，一直懸吊的心放鬆下來後，反倒使得她忍不住淚汪汪，「不能騙我啊！尤其是宮一刻，你老是逞強。不說我就告訴我老哥了，他生氣時可嚇死人了！」

「靠，說得我好像沒見他對妳發飆的樣子……我沒事。」一刻翻了記白眼，但仍是誠實交代。他可沒興趣真看見那名前糾察隊隊長板著臉，露出「你是白痴嗎？怎麼有辦法把自己搞成這樣」的眼神，「是說妳在告訴妳哥之前，不是得先面對妳的成績問題嗎？」

「嗚！」蔚可可倒抽一口氣，還眞的完全忘了。她當下淚汪汪地望向左柚，想要向許久不見的朋友哭訴，「左柚，我眞的好可憐啊！」

「妳動作也慢點！」一刻變了臉色，一把扯住蔚可可的衣領，阻止她的撲抱動作，「左柚還是有受傷的！」

蔚可可立刻舉高雙手，就怕自己的擁抱會給左柚的傷口帶來壓迫。

秋冬語適時遞出手帕，幫蔚可可擦擦淚濕的眼角。

一刻鬆口氣，剛放開蔚可可，轉眼又驚見一張大特寫靠近自己。

「我操！」一刻差點就要一掌反射巴上去，但總算認出是柯維安的臉，「你是眞的想嚇死我嗎？」

「小白，你是我的甜心，我哪捨得嚇死你。嚶嚶，你是以小人之心度君子之腹。」柯維安哀怨地控訴，雙手卻也沒閒著。他捧住一刻的臉，認眞地上下端詳。

「腹你妹。」一刻任憑柯維安檢查，也沒力氣再阻止他了，「你們那也處理完畢了吧？那三個小鬼呢？」

「被瓏月先施術弄昏了。只要等這裡的結界完全解開，似乎就會自己消失，回去他們該去的地方。」柯維安說，「小白，這次我可也是很努力的，我跟你說說我活躍的表現吧！我有準備鉅細靡遺的萬字版本，還有精彩萬分的千字版本，你要聽哪個？還是兩個都聽？喔！小白，你真是我的天使，你兩個都願意聽嗎？」

天他媽去死！他兩個都不想聽！一刻正要射出眼刀，有人已經插話了。

「不管哪個都沒興趣，你廢話太多了，室友B。」一隻大掌冷不防抓扣住柯維安的臉，將他向後推開，「去看那隻瘴異死了沒，沒死就讓它死透。」

柯維安「呃」了聲，從指縫間看見曲九江冷冰冰地俯視自己，那眼神還真是讓人透心涼。就算曲九江不是半妖形態的模樣，可誰知道對方會不會一把火放出來。

柯維安摸摸鼻子，認命地去做檢查工作。他已經完全沒有多餘的力氣閃避他那位脾氣很差的室友的火焰。

柯維安知道自己方才那擊，已毫不留情地準確刺穿阮鳳娘的身體，瘴異的消亡只是遲早的問題。

阮鳳娘就倒在廣場牌樓下，髮絲散亂，遮著大半張臉。半邊身體的石塊已剝落得差不多，皮膚上的灰漬也變淡隱去，長長的三條狐尾又恢復了最初的雪白，而那怵目的青荊棘亦是逐一退回了皮膚底下。

當柯維安走近時，那抹身影已泰半回復成他們最初見到的旗袍女子，僅剩頸子上的荊棘項圈尚未消失。

柯維安蹲下身子，打算撥開阮鳳娘的髮絲。但就在刹那間，髮下的雙眼陡然睜開。

依舊猩紅似血！

柯維安瞪大眼，卻來不及防備，皎白但冰冷的五指猛然掐扼上了他的脖子，將他大力重壓在地。

「是你毀了我全部的計畫！該死的神使，是你、是你！」紅眼的瘴異收緊十指，發狂尖吼，「我詛咒你……我詛咒你！我詛咒你的人生將如地獄，永遠生不如死——」

柯維安的視野還因爲頭部的那一撞對不準焦，脖子上的勁道讓他呼吸困難，但他仍艱困地擠出聲音。

他說：「妳猜怎麼樣？那種東西我早就見過了。」

娃娃臉男孩吃力地露出微笑。

「還有，妳眞的該下台去了。」

瘴異的十指還掐在柯維安脖子上，可是卻沒有再繼續施力。她怔怔地低下頭，望著自己的胸前。

那裡，正突出兩截細長的利器。

一邊是銀白長針，一邊是碧綠箭矢。

白髮男孩和鬈髮女孩就站在她背後，一人持針、一人握箭，橘紋和碧紋分別在他們的左手無名指和右手手背上閃耀。

「不准妳動柯維安/小安，我不准妳動我的朋友！」

阮鳳娘張大眼，像是沒聽見那異口同聲的警告。下一秒，頸上的荊棘項圈碎裂，化成點點黑屑，眼中的猩紅也隨之褪去。

等到金黃重新回歸，阮鳳娘的雙眼頓時一閉，身子跟著往旁側倒下。

這次是真的再沒有了動靜，只剩猶在起伏的胸口，證明她仍然活著……

第十一章

感覺到脖子上的壓迫消失，柯維安大力嗆咳幾聲，接著朝一刻他們擠出虛弱的笑容。

「嗨，小白……我覺得你好像變得更帥了。」

「嗨個蛋。你完了，柯維安，缺氧讓你產生幻覺，連大腦都有問題了。」一刻拄針坐下，沒好氣地啐罵道，藉此掩飾他剛剛差點被嚇得心都要停了。

他根本沒想到瘴異還能拚出那最後的力氣……幸好趕上了。

「你……」一刻咳了聲，眼神沒對上柯維安。他沒忘記自己聽到了什麼，瘴異臨死前的惡毒詛咒，還有柯維安的那句回答。「你有時候別什麼都不說，好歹我們也是那個什麼的……嗯，朋友。」

從柯維安的角度，可以清楚看見一刻耳根都紅了。他瞬間激動得眼睛都亮了，他家小白親口說他們是朋友耶！

「小白親愛的啊！」柯維安不管喉嚨還難受，七手八腳地爬起，像隻章魚般撲上一刻。

「幹恁娘！誰是你親愛的，我是說朋友！」一刻鐵青臉色，不客氣地使勁推擠那張娃娃臉。

「親愛的！」柯維安不屈不撓。

「是朋友！」一刻將那張娃娃臉推得都變形了。

「朋友！」柯維安狡猾地換了策略。

「是親……操！我宰了你，柯維安！」驚覺自己差點被柯維安誤導，一刻暴怒，手臂立即惡狠狠地勒上對方。

「小白，你這是惱羞成怒……嗚啊！我錯了！」柯維安哇哇大叫。

如果不是一刻從眼角餘光捕捉到蔚可可竟拿出手機在螢幕上點按什麼，他可能不會那麼輕易就放開柯維安。

「蔚可可，妳在幹什麼？」一刻狐疑地瞇起眼。

「傳LINE給群組啊。」蔚可可想也不想地回答，「我剛發現手機恢復通訊了，所以我在發照片，你剛才難得耳朵都紅的照片我有拍到喔。」

「馬的，妳沒事拍那……」知道挽救不回來，一刻咬牙切齒，「那群組有誰？」

「就是小染、阿冉、墨河、織女大人，還有我老哥……！」蔚可可忽然驚恐地瞪大眼睛，「完、完蛋了！我都忘記老哥在裡面啊！要是被他發現我無視他的來電，卻在半夜發LINE……」

標準的自作孽。一刻翻下白眼，一點都不想同情一副宛如世界末日來臨的蔚可可。他正想向秋冬語招手，請她來領走這個天兵，卻看到曲九江突地直起身子，像在盯視著捷運廣場外。

外面有什麼？一刻跟著抬起頭，這才有餘力注意到遍布在夜空上的暗紅毛線，不知何時變回了雪白，正逐漸崩散成點點白絮，像是一場無聲雪。

等到夜空回復最初的純粹墨藍，一刻旋即見到對邊的人行道上乍然燃起一道火焰。隨著那火焰飛旋而起，那裡的虛空就像遭到看不見的力道撕扯開，有數人的身影自裡頭魚貫出現。

「那是……」柯維安也從地板上爬起，他摸摸尚在疼痛的脖子，一雙大眼在看清來人時睜得更大了。

「族長……安萬里先生……」左柚也在蔚可可的扶持下走近。雖然她表示自己真無大礙，後者仍是堅持要扶著她。

瓏月則是由秋冬語幫忙。

「……那麼多的狐狸，真令人心煩。」曲九江收回視線，嫌惡地咋下舌。

「你要是敢在別人地盤和人槓起來，老子絕對第一個揍你。」一刻發出警告，「不准給左柚添麻煩。」

曲九江瞥來一眼，他發現對方似乎對那名四尾妖狐格外上心。

「小白，你好像特別在意左柚小姐耶……」柯維安當然也發覺到了，他擺出一張哀怨的臉控訴，「你不能忘了我這個正宮啊！難道你忘記我們當年的山盟……」

「盟你老木，夢話在夢裡說就行。」一刻直接一掌揮開那張又貼太近的臉，「左柚是我的……他們來了，之後再說。」

一刻掐斷話尾，目光筆直地望著已經踏上捷運廣場的那票人。

走在最前頭的是個個子矮小的黑髮小男孩，金眸灼亮，髮絲兩側露出一對漆黑狐耳，雙手看似閒散地背後。明明就是一群人當中看來最稚幼的，一身氣勢卻是最強烈。

落後小男孩一步的，則是名笑臉迎人的斯文男子。戴著細框眼鏡給人知性的感覺，可半瞇的眼眸裡不時滑過深沉精明的色彩。

這兩人不是別人，正是胡十炎和安萬里。而在他們更後方還跟著幾人，面孔年輕，穿的都是清一色軍裝黑大衣，和瓏月的裝扮可以說如出一轍。

「那幾人，亦是近衛。」左柚輕聲說，像在自言自語，又像在解釋給一刻聽。

一刻點點頭，看著胡十炎等人來到他們面前——他不知道是失望還是鬆口氣，他本來還以為胡十炎會繼續借用綿羊玩偶的身體出現。

「別傻了，宮一刻，我用咩咩君短手短腳的身體走出來能看嗎？」似乎一眼看穿一刻的心思，胡十炎撇撇唇，「我也沒興趣在談正事的時候，還得看你們憋著不笑場。」

想像了下換成綿羊玩偶在他們這群人中發號施令，一刻嘴角不由得扭曲一下。

柯維安乾脆摀住嘴，利用咳嗽來掩飾衝出的笑聲，肩膀還一聳一聳的。

而即便是在這樣的情況下，幾名近衛仍是像戴了面具般不苟言笑。他們在向左柚彎身行禮後，便靜悄悄地佇立在胡十炎身後，等待命令。

胡十炎的視線環視一圈，在瓏月的身上停留了一會兒，又轉向倒在地面上的阮鳳娘。

「將阮鳳娘帶回部落，通知齊世遺歸來。」胡十炎手一抬，威嚴下令，「還有立刻送瓏月找『醫者』就醫。」

「遵命！」在西山妖狐族長的一聲令下，近衛們有條不紊地迅速行動。

「族長，我的傷可以晚點……」瓏月推開秋冬語的手，第一時間就想屈膝領罪，「是我大意，才會引來瘴異……」

「站好，不准跪！」胡十炎板起稚氣的臉，金眸威嚴一瞪，頓時震懾住瓏月，「先去治好妳的傷，之後自然會要妳說明經過。還是說，連我的命令都不聽了？」

「屬下不敢！」瓏月慌張地又想跪下，可猛然憶起胡十炎的命令，不禁僵住身子，英氣的臉蛋罕見地流露無措。

胡十炎再次舉起手，馬上有一名近衛接近瓏月，準備護送她回去。

瓏月放鬆緊繃的身子，她向一刻等人深深一揖，像是要表達自己最深的歉意，隨後才和同伴一起消失在他們的視野裡。

在近衛訓練有素的行動下，不到半晌，捷運廣場就僅剩下一刻他們六人和胡十炎、安萬里。

深夜的岩蘿捷運站外，安靜得不可思議。如果不是現場還留著被大肆破壞的痕跡，很難想像這裡在之前曾發生了多麼激烈的戰鬥。

「好了，有問題就問吧。維安，我看你已經一副憋得要爆炸的模樣。」胡十炎似笑非笑地瞥向柯維安，又豈會不知道對方凡事都想弄清楚的個性。

果然胡十炎的話剛落下，柯維安馬上連珠炮地大叫起來：「太過分了啦，老大！你居然和狐狸眼……咳，不是，我是說你怎麼可以和副會長聯手，瞞了我們這麼一把？還害我懷疑起左柚小姐，幸好我沒眞將她誤認成敵人。但是，最過分的還是副會長！你明明知道那是左柚小姐假扮的『黑令』，卻還裝成初次見面，誤導我們『黑令』眞的是個狩妖士！」

「維安，你難道沒聽過一句話嗎？」被指著鼻子抱怨的安萬里還是笑得雲淡風輕，他推推眼鏡，「要騙過敵人，就得先騙過自己人。」

這一句當場令柯維安噎住，他想找話反駁，偏偏安萬里說得又有道理。

可惡啊，果然是老狐狸！柯維安懊惱地想，每次都辯不過對方。

「呃……那個，我也有問題。」蔚可可有些遲疑地舉起手。她現在已經知道「黑令」是左柚假扮的，爲的是不打草驚蛇地調查幼狐失蹤案，眞正的黑令則另有其人，但是……「堯天是怎麼回事啊？左柚雖然是借用黑令的名字，可是她扮的假黑令……」

「不要在那眞來假去，我聽得頭都暈了。」一刻黑著臉打斷，「直接說重點。」

「重點？喔，好。」蔚可可深吸一口氣，幾乎沒有停頓地喊了出來，「重點就是左柚化身成的堯天是眞的存在的人物他眞的是很有名的模特兒！」

一刻臉更黑了，蔚可可那串話根本沒有標點符號可言，誰知道她在說什麼鬼東西。

「其實那是……」一道細弱的嗓音想要插入。

「我明白小可的意思了！」柯維安恍然大悟地一擊掌，「小可是想表示堯天這號人物是眞有其人，看里梨收集的雜誌封面就曉得了。所以說，左柚小姐是特意選了堯天的外表嗎？」

「啊？那一開始用眞正的黑令外表不就行了？也不會被你懷疑到。」一刻挑眉。

「不，所以說……」那聲音不死心地又傳出。

「那種事毫無意義。」曲九江冷淡地看過來，不懂自己的兩名室友幹嘛糾結。

「不不不，哪會無意義！」柯維安瞪大眼，挺胸反駁，「不知道的事就是要追根……」

「安靜，聽我說！」一道拔高的大喝無預警響起，登時蓋過原先爭論的聲音。

除了胡十炎、安萬里、秋冬語外，所有人都被嚇了一跳。

「左柚……？」一刻的吃驚更甚，他愕然地看著緊握雙手，在上一秒用盡力氣大喊的褐金長髮少女。

總是細聲說話，給人柔弱印象的左柚微漲紅臉，但一雙翦翦水眸裡卻是散發凜冽的氣勢，讓一刻等人瞬間安靜了下來。

發現到眾人盯著自己，其中胡十炎和安萬里的眼神更是帶著顯著的笑意，左柚無意識揪住衣角，微露慌亂。可很快地，她忽然又換上毅然的表情。

「宮同學……對不起！」左柚突然向一刻彎腰道歉。

「什、什麼？喂，左柚……」一刻被驚得呆住。

「我很抱歉，抱歉隱瞞身分騙了你。可是，那些話不是虛假。」左柚緊張地說，金眸裡彷彿刷染上一層淡淡的水霧，「我自己的確很崇拜你，因此我才對你說我、我是你的粉絲……這樣，也可以掩飾我知道你事情的真正原因。」

「夠了，別再說什麼粉絲……那聽起來真的會恥。」一刻搗著臉，可是還能窺見他的皮膚泛紅，「那種事用不著說抱歉，我哪可能會怪妳。」

「宮同學！」左柚綻露欣喜的笑顏。

柯維安看看臉紅的白髮男孩，再看看開心微笑的褐金長髮少女，不由得感到大事不妙。那兩人的氣氛太不尋常，該、該不會左柚小姐才是小白的……

「不行啊，小白親愛的！你不能拋棄人家，你絕對不能對我始亂終棄！而且班代還在繁大等你呀！」柯維安連忙像章魚纏上一刻，淚汪汪地說道。

「棄你妹啊！」一刻忍無可忍地用頭鎚撞上那顆送上的腦袋，「而且又關楊百罌什麼事？你就不能讓我好好說完話嗎？曲九江，把這小子拉走。」

「不幹。」曲九江毫不猶豫地給了兩個字。他嫌棄地看著柯維安，就像在看什麼病菌。

「冬語，把維安拉到旁邊去，他吵死人了。」反倒是胡十炎不耐煩地開口。

誰也沒看清像尊瓷娃娃站著的秋冬語是何時動的，一晃眼，她就拎著眼冒金星的柯維安回到她和蔚可可的位置。

「宮同學，你不生氣真的是太好了……還有一件事，我也必須告訴你，應該說，告訴你們大家。」左柚交握住雙手置於身前，她深呼吸，然後再次彎身低下頭，「我……就是堯天。」

「啊？」一刻張口結舌，壓根沒想到會從左柚口中聽見這話。

「左柚是堯天!?」蔚可可瞪圓了眼睛，「等、等一下，我被弄糊塗了。左柚妳說自己是堯天，但……妳是女的啊！」

「她不會變成男的嗎？動點腦筋吧，你們這群笨蛋小鬼。」胡十炎像是看不下去，強硬地插進這場對話之中。他投給一票年輕神使們一記恨鐵不成鋼的眼神，再嘖嘖地說道：「堯天就是男性版的左柚，幻術對妖狐來說就是小菜一碟，改變性別有什麼難的。」

「也……也就是說，左柚妳真的跑去當模特兒？」一刻茫然地問，像一時還消化不了訊息。

「她當得非常不錯呢。」安萬里笑咪咪地說，「看里梨那麼迷戀堯天就知道。當然，她不曉得堯天是女孩子變的，破壞小孩子夢想可不好。」

那欺騙小孩子感情就可以嗎？一刻差點想這麼說出口，他抹把臉，感覺腦袋一團亂。

「但我不明白，左柚，妳副族長當得好好的，沒事幹嘛跑去當……慢著。」一刻猛地盯住左柚，既然對方說當時的那些話不是虛假……「妳真的是爲了那原因當模特兒？爲了磨練自己、多接觸人群？」

「是的。」左柚像是不好意思地笑了，「我還不夠成熟，因此叔叔才要我去磨練……不過這事，族裡就只有叔叔知道。私下兼職的事，我覺得還是別公開好。可是，如果是宮同學、可可和你們的朋友……我不想再瞞你們。」

「可是，左柚妳現在講出來，那老大不就也……」蔚可可話一頓，她眨眨眼，再眨眨眼，突然間靈光一閃。她指著胡十炎，張大嘴卻只能「啊啊啊」地喊。

一刻只覺莫名其妙，不明白那名天兵女孩又是哪根筋接錯了。只是下一秒，換他像是醍醐灌頂，不敢置信地飛快瞪向胡十炎。

那名黑髮小男孩還是一派悠閒地手背在後面。

「怎麼？忽然啞了嗎？」胡十炎衝著一刻笑得天真無邪，可眼裡卻是無比狡猾，「還不叫聲叔叔來聽聽？」

「叔——」一刻險些一口氣被嗆到，他瞪著胡十炎的眼神像是活見鬼。

胡十炎就是左柚口中的「叔叔」？我靠！怪不得左柚也知道「魔法少女夢夢露」這部動畫！

處於震驚中的一刻沒發現自己的思緒偏離了。

「暫停一下，換我有話要說！」甩去金星的柯維安急急跳起來，「老大，我知道你的年紀比小白大N倍，但哪有人就這樣要小白叫你叔叔的？我家小白都還沒叫過我親愛的耶！」

假使不是一刻仍身陷震驚，他一定會給柯維安一記爆栗。

「哎？小安你不知道嗎？」蔚可可驚奇地望著柯維安，「左柚和宮一刻是家人啊。既然老大是左柚的叔叔，那宮一刻喊他叔叔也是說得通的。」

對於柯維安和曲九江而言，這或許才是今日最教他們感到衝擊的事。

柯維安本來不滿的表情變成呆滯，緊接著他大力扭過頭，那力道都要讓人擔心他會不會拉傷脖子。

「家、家人……」柯維安目瞪口呆，看看左柚，又看看一刻，兩人間完全沒有相似之處。

「小白的家人不是他那位堂姊？」曲九江也說話了，銳利的目光針對左柚，像要看出破綻。

「左柚前世和宮一刻有血緣關係啦。」蔚可可笑嘻嘻地說，沒發現到自己的這句話又像枚炸彈，轟得柯維安和曲九江震驚不已，「他們都是織女大人和牛郎先生的孩子唷。」

牛郎和織女的孩子？柯維安倒抽一口氣，不敢相信自己不久前才聽左柚說過牛郎織女的故事真相，卻遺漏了那麼關鍵的地方。

「傳說，天帝的小女兒織女，愛上了只是凡人的牛郎，兩人的相愛卻受到天帝反對，甚至派遣天兵天將帶走織女，強迫她和牛郎及一雙兒女分離……」

一雙兒女……牛郎和織女的孩子不止小白，還有另一人，而那個人居然就是左柚！

「是的，就像可可說的……我和宮同學前世是兄妹。」左柚走上前一步，金眸直望著柯維安和曲九江，柔弱中自有一股強悍。「因此請恕我糾正，宮同學……一刻不是你家的，他是織女、牛郎先生還有我，是我們家的才對。另外，我也非常不喜歡見到有人對我前世的妹妹無禮。」

柯維安嘴巴已經閉不攏了，這信息量未免也太大，他剛剛是不是聽見前世、妹妹什麼的？神話故事裡，牛郎織女的確孕育一雙兒女，可是照理說不是應該……

柯維安不自覺地舉起手，指著左柚。

「哥哥。」蔚可可很好心地幫忙補充，再替柯維安移動手指，指向一刻，「妹妹。」

柯維安覺得自己被衝擊得都要大腦當機了。

曲九江當然不像柯維安表現得那麼誇張，他若有所思地望著一刻，然後破天荒地發出了這樣的一個音節，「……哇喔。」

一刻甫回過神，就聽見蔚可可在揭自己的底。他瞪她一眼，再扔出不爽的目光給曲九江，卻沒想到胡十炎選在這時機開口。

「左柚平時還是稱我為族長，私底下才會喊我叔叔。」胡十炎抬起下巴，對一刻展露的笑容更甜、更無邪了，「快啊，喊聲叔叔給我聽聽。」

然而那純眞的笑臉看在一刻眼裡，只覺像小惡魔一樣。他臉色發青，想到自己有個蘿莉媽就算了，現在又殺出一個正太叔叔是哪招？

這瞬間，宮一刻深深感受到，這世界眞是他媽的對他充滿惡意。

不過還是有人伸出了善意的援手。

「十炎，你就別逗小白了。」安萬里傷腦筋地嘆笑，「要是小白眞喊你叔叔的話，那織女大人和你又成了什麼關係？這樣大家的關係可眞的都要亂了。」

「逗逗而已，又不會少了他幾根毛。」胡十炎雙手枕在腦後，這時倒顯露出符合他外表年紀的孩子氣，如果不是他的眼神意有所指地盡往一刻的下半身瞄。

一刻發青的臉色登時又轉黑了。

幸虧安萬里及時地再插話，這名文質彬彬的男子總會選在最適當的時機開口，不但化解了危險的氣氛，也將眾人的注意力轉移到他身上。

「小白。」安萬里說，「瓏月那時說她引來了瘴異，但看先前的情況，瘴異是轉移到阮鳳娘體內是嗎？」

「啊，是。」一刻當下斂了神情，嚴肅回答，「瘴異最初是躲在瓏月體內，它欺騙阮鳳娘，讓她相信挖出幼狐的元核就能救齊翔宇。之後瘴異再利用瓏月的身體自殘，改入侵阮鳳娘，想要解開西山的封印。學長，西山的封印又是怎麼回事？那個『唯一』的一部分眞的是封在這嗎？爲什麼其他的妖怪，就連瓏月都認爲『唯一』早被消滅了？」

「還有那個瘴異說，它是在瓏月沒有欲線的情況下……」蔚可可也乾巴巴地擠出聲音，回想起當時令人不寒而慄的宣言，「強行讓瓏月的欲望失衡的！」

偌大的捷運廣場上，瞬間只剩一片死寂。

胡十炎和安萬里臉上沒了表情，即使只是剎那，但那一刻的他們身旁有種恐怖的氛圍。

下一秒，這兩人又恢復以往，仍是一刻他們所知的會長與副會長。

「老大、副會長，你們是不是還知道什麼？公會的規定，不是消息和情報要互通有無嗎？」柯維安沒有漏看那細微的變化，抓準機會打蛇隨棍上，「況且我們這次可累壞了，總要告訴我們點什麼作爲安慰吧。」

「族長，還是我……」左柚一手置於胸前，只是話未說到一半就被打斷。

「不用。」胡十炎一吐出兩字，便發現數道凌厲或不滿的視線馬上刺向他，他不以爲然地冷笑，「我說不用，是指由我來告訴你們。你們當我是誰？既然宮一刻都賣給我們公會一輩子，我當然也會履行約定，告訴你們『唯一』的事。」

「幹！誰賣──」一刻的理智斷裂。

「小白，這種事我們晚點再爭啊！」柯維安忙不迭拉住一刻的手臂，阻止對方衝上前，「小可、小語，快幫我拉！」

「咦？好、好！」

「明白。」

胡十炎就像是沒感受到一刻惡狠狠的目光，慢條斯理地伸出食指，「首先，『唯一』，獨一無二、再無其他，但她確實有個名字，只是比起『唯一』更鮮爲人知。在七百多年前由四大妖族的成員聯手共同壓制，然後分成四部分，於各處進行封印。」

「四部分，頭顱、軀幹、雙手、雙足這些稱呼。」胡十炎再伸出中指，「但其實這只是方便喊而已，因爲傳說中，『唯一』的身體就像煙氣構成。」

「傳說？」一刻敏銳地留意到這個字眼，「你沒見過？」

「你是蠢蛋嗎？」胡十炎睨了一刻一眼，「我是六尾妖狐，『唯一』被封時都是七百多年前的事了，你覺得我見得到？要能見的話，我還眞想見識見識。總之，爲了不造成混亂，只有百年以上的部分妖怪才知道『唯一』是因封印陷入沉睡，而不是遭到消滅的事實。她是災禍，她的存在越少人知道越好。」

「但是瘴異知道，還打算復活她。」曲九江冷笑，「我很好奇，她是怎樣的一個災禍？」

「殺傷力絕對是比你這小半妖大，還是那種地圖炮等級的。」胡十炎抱著雙臂，就算個子小，還是能以睥睨的眼神迎視曲九江，「你大可以問問我旁邊的老傢伙，到底有不有趣？」

「事實上，那不有趣，我猜我不想再見到那場景重現。那眞的是妖怪間的——災禍。」安萬里微笑說，可笑裡有種凌厲和深沉。

那不是一刻他們能看得懂的情緒。

而在同時，他們也猛地意識到，安萬里是年過七百的妖怪，他曾親眼目睹過「唯一」。

「她的雙瞳一片純粹幽藍，她的髮絲如青白煙氣，她的存在對妖怪即是一種災禍……我年幼時曾窺望過一次。或許可以說她是一種異端，無人知曉她是如何產生的。她沒有同族，她就是唯一無二，她是——」安萬里摘下眼鏡，眼珠不知何時染成碧綠。

「蒼淚。」

安萬里忽然往前走了幾步，身上的休閒衣飾剎那間變化爲月白長袍。

「雖然不知道瘴異因何異變，又是爲何想解開西山封印，不過我不會讓封印有一絲損壞的。」安萬里側過臉，半邊臉頰浮現出石片。

瞬間，以安萬里足下爲起點，銀藍色的光紋閃耀而出，像是無數道閃電往前劈岔，越過馬路，飛速地一路向前，轉眼攀爬上岩蘿溪的欄杆。

從地勢較低的捷運廣場上往上望，只見整條岩蘿溪兩側的欄杆都被銀藍佔領，麻密的光紋彎彎曲曲地纏繞其上。

放眼望去，赫然就像兩條驚人的銀藍光龍包纏住岩蘿溪，而被圍在之中的幽暗竟給人一種宛如異域深淵的錯覺。

如此的黑，像是當中的一切都消失了。

「宮同學，你知道嗎？」左柚輕輕說道：「自古以來，就有水能連接陰陽兩界的說法。」

水？連接陰陽兩界……！一刻猛地一震，瞳孔凝縮。

左柚的意思，該不會岩蘿溪就是……

「陰七月，迎門開。西山幽燼之門的眞正位置，便是岩蘿溪；同時那也是『唯一』的其中一處封印地。」安萬里說，「妖族鬼門的妖力能更加鞏固封印，但是爲防萬一，我會重修封印，畢竟那是我族人所留下的。更何況，身爲唯一的天敵——」

黑髮碧眼的守鑰露出微笑，如此溫和，卻又鋒利如刀。

「怎麼能被人小看呢，對吧？」

尾聲

數日後・花見旅館

「柯維安，動作快點！別在廁所裡磨磨蹭蹭，你他媽的是跌到馬桶裡了嗎！」不耐煩的喊聲從走廊上傳進，穿過了房間，驚動了廁所裡抱著筆電蹲坐在馬桶上的娃娃臉男孩。

柯維安嚇得差點跳起，手中的筆電也險些滑落地板，幸好他及時想到自己還光著屁股，連忙坐了回去。

「再等一下！小白，不要拋下人家啊啊！我再五分鐘就出來了，真的！」深怕對方真和其他人一起將他丟在旅館裡不管，柯維安慌慌張張地扯開喉嚨大叫，手上也沒停著，一手迅速在鍵盤上敲打，好結束和另一端的對話。

師父，我要先走了，甜心在催我了，其他的等回去再說。

去吧。我只是比較好奇一點，維安小子，你堅持不用視訊也不用藍芽的原因，該不會你正沒穿褲子地蹲廁所嗎？

……哈哈哈哈，師父大人您眞愛說笑，我當然不可能做這種事！我向來是恭敬的……

一邊上廁所一邊敲skype給你師父？

明明視窗上跳出來的是問句，但是柯維安卻能感受到張亞紫似笑非笑的肯定語氣。

柯維安乾笑一聲，果然自己的小心思都會輕易被對方看穿。

「柯維安，我要先到樓下了，左柚他們在旅館外等我們！不要拖太久，否則老子就把你丟包！」

這時又一聲大喊響起，顯然之前在走廊上待著的一刻已經沒有耐心了。

「哇啊啊！我馬上好！」柯維安不敢再拖拉，立即在鍵盤上輸入「掰」一字，也不在意自己還沒關機，「啪」地一聲就闔上筆電。

他原本只是想利用空檔和自己的師父，也就是文昌帝君的張亞紫交換訊息，結果沒想到耗去太多時間，其他人都整理好行李，陸續離開房間了。

今天是他們一行人——他、小白、曲九江、小可和小語——退房離開岩蘿鄉的日子。

距離三名幼狐被尋獲、阮鳳娘被關押回西山部落，已經過好幾天了。

胡十炎在那夜便收回力量，將事情交由左柚全權處理。

關於妖狐族內部的事務，左柚沒多說，他們也不好多問。

柯維安雖然心裡好奇，但一刻都抱持著左柚要說他再聽的態度，柯維安也只好摸摸鼻子，先按下蠢蠢欲動的好奇心，反正日後還是可以設法從胡十炎或張亞紫那探聽。

目前可以知道的，是阮鳳娘似乎將會被拔去「祭祀者」的身分，瓏月則是未受責罰。而瘴異試圖破解的西山封印，則是由安萬里負責重新修築鞏固——也就是因爲這樣，安萬里才沒有要與他們一塊回去。

根據安萬里所言，西山封印比較複雜棘手，所耗的時間也多。

柯維安知道一些「唯一」的事，卻也沒想到那名總是掛著高深莫測微笑的男子，居然就是「唯一」的天敵。

守鑰一族原來就是「唯一」——蒼淚的天敵。他們的結界對於「唯一」來說是堅不可摧，無法突破。

「不愧是老狐狸，力量天生就剋『唯一』嗎？」柯維安咋了下舌，迅速打理好，筆電塞進早就收拾完畢的大背包裡，三兩步往房外跑去。

走廊上相當安靜，就只剩柯維安還留在二樓。

「總之，回去再把所有知道的資訊整理起來吧。瘴異眞是進化得越來越變態了，不過我和小白可是最佳搭檔、最好麻吉，也絕對不會輸給它們的！」柯維安握緊拳頭。

突然間，口袋裡的手機響了起來，快節奏的音樂就像催促什麼。

柯維安趕緊翻出手機，一眼就看見螢幕上顯示著「小白」兩字。

「哇，小白對不起！我已經在走廊上了，我立刻就下去！」一接起手機，柯維安劈里啪啦地先傾倒出一串道歉，雙腳也不敢遲疑地往樓梯跑。

一見到族裡的貴客下樓，櫃台後的旅館人員立即站起，恭謹地朝那名模樣狼狽的娃娃臉男孩彎腰行禮。

「恭候您下次的光臨！」

「啊，哪裡。謝謝，這地方真的很棒！」柯維安匆匆回頭，向櫃台內的人揮手，並送上一記大大的笑臉。他的注意力一時沒放在前方，以至於頓時擦撞上同時自旅館外走進的身影。

「啊！抱歉、抱歉！」柯維安急忙抬頭向對方道歉，只不過這一抬，他吃驚地發現那人的個子還真是出乎意料地高。

柯維安認識的男性都不算矮，例如一刻、安萬里、曲九江，還有蔚商白。但是被他撞到的這人更高，目測大約一百九以上。雖然穿著連帽外套，仍能看見從帽下露出的髮絲呈深灰，而且眼珠的瞳孔顏色極淡，偏淺灰色。

讓柯維安想起曾在動物頻道上看過的狼的眼睛。

外國人？不對，輪廓偏東方人……這樣的想法在柯維安腦海中一閃而逝，隨即他便瞧見那名個子相當高的青年微瞇起眼，彷彿打量地掃視自己一圈，然後低冷的七個字自高處落下。

「太矮了，沒發現到。」

柯維安眨眨眼，再眨眨眼，下一秒終於領悟過來那名帽T青年對自己說了什麼。

太矮……我靠！巨人族了不起啊！

「柯維安，你到底好了沒？蔚可可磨蹭那麼久都比你快下來了！」

手機裡霍然響起的催促聲驚回柯維安的神智，還可以聽見裡頭夾雜著女孩子的抗議，像是「太過分了，宮一刻，為什麼是用我做標準啦！」

「來了、來了！小白你們是在路口了嗎？」柯維安跳了起來，忙不迭地拔腿向外衝。而在與那名帽T青年擦身而過的瞬間，他不客氣地咋了下舌，險惡地回瞪對方一眼。

不管那人是誰，都讓人超、級、火、大！

像是脫兔般衝去找一刻等人會合的柯維安並不知道，那名有著像狼一樣眼珠的青年在走進旅館、辦理入住手續時，應櫃台的要求拿出了自己證件，姓名欄上是印著簡潔的兩個字——

黑令。

□

同一時間．神使公會的會長室

張亞紫剛推開大門，看見的就是兩名身影驀地自巨大螢幕上消失的景象。在那瞬間，她看見了兩張相似的臉，還有兩雙如出一轍的淡藍眼珠。

「又在和誰進行什麼計畫了嗎，胡十炎？」紮綁著長長馬尾的褐膚女子挑高眉，毫不在意讓自己低啞的聲音洩露存在。

下一秒，背對著她的漆黑皮椅轉了過來，只不過氣勢十足坐在上頭的，是一名黑髮金眸的小男孩，看外表大約十歲左右。

但這樣稚氣外貌的他，卻是這個公會的最高掌權者。

「計畫？只不過是和人談下條件而已。」胡十炎一個躍起，輕巧地踩上橫隔在他和張亞紫之間的巨大辦公桌上。他會有這個習慣，也不知道是不是持著「貓」會站在高處的原因，或是純粹不想讓自己必須抬頭看人。

「帝君，我拜託妳的資料都整理好了嗎？」胡十炎繞著桌緣走。

在桌子中央，擺著一棟建築物模型。模型做得極為精細，每層樓都立著好幾扇門，乍看下就像是棟集合公寓。

張亞紫沒有問那棟模型是怎麼回事，她自然知道那是什麼。

「就差印成書面而已了。」張亞紫抱胸倚著牆面，「這回那群小鬼的西山之行，獲得了很多有趣的東西嘛。」

「是啊，例如阮鳳娘居然和瘴異交易，不過反被利用；瓏月竟會被瘴異入侵，而瘴異原來想解開『唯一』的封印，讓她復活。」胡十炎的臉上帶著笑，可那笑是凶猛的，金瞳也散發出野獸特有的光芒。

「太多有趣的東西了。左柚告訴我，曲九江的火焰出現過異變，到時找個時間把他抓來研究吧。還有瓏月在驅趕宵鼠的那一日，碰上了一個人，可是她不記得對方的樣貌，接下來有一段的記憶是空白的。」

「就是在那個時間點受到瘴異的入侵嗎？也就是說，那人可能對她動了什麼手腳，才使瘴異有機可趁。」張亞紫懶洋洋地說，「然後接下來就像骨牌效應，一個接一個發生。瘴異循著欲望找上阮鳳娘，煽動她綁架你們族裡的幼狐。接著她得知了宮一刻他們要到岩蘿的事，強制留下三名人魂，設下一連串陷阱。問題是，是誰幫了瘴異？那名瘴異用的是『同伴』這詞吧，不是『同胞』，表示對方是異於它們的存在。另外，瘴異想解開封印的原因又是？」

「我也很想知道是誰，可惜瓏月對此毫無記憶，那就眞的是無人知曉了。」胡十炎停住繞圈的腳步，雙手背後。「至於想復活『唯一』的原因……帝君，妳還記得『唯一』爲何被我等稱爲災禍嗎？」

「她會使妖怪失去理智，陷入狂暴，只限定妖怪而已。」張亞紫如金屬刮搔的聲音一字字敲入空氣裡，接著她像意識到什麼，扯出一個凶猛的弧度，「啊，是這樣嗎？狂暴無理性的妖怪，對於瘴或瘴異而言，是多麼棒的存在。」

「對我們而言可是爛透的消息。」胡十炎冷笑，「不管怎樣，其他的等安萬里回來再說吧。有些事，是只有親眼見證過蒼淚，見證過那場災禍的他才能確定。」

「呵，你說的確實也沒錯。畢竟你們妖族的禍害，我們不曾插手。」張亞紫直起背脊，放下手臂，「就等安萬里回來吧，這話題我們先扔到旁邊。來說說別的事如何？例如這公寓蓋得怎樣了？」

張亞紫走近辦公桌，手指壓按在模型附近，似笑非笑地望著胡十炎。

「有灰幻負責監工，用不著擔心。」胡十炎一彈指，桌面突地散發光芒，隨即那光投映在半空，竟是顯現出那棟建築物模型的放大投影。

「暑假結束前就會蓋好了，到時只要把那些小鬼的行李直接扔過去便行。」

「你沒對那三個小鬼說吧？他們打算租的房子可不是真的存在，只是你弄出來的障眼法，你打算把他們都集中在一起。」張亞紫說，「神使專門的宿舍哪。」

「不說才有驚喜，我最喜歡給人驚喜了。」胡十炎不懷好意地笑了，「況且，有帝君妳負責在那管理，我可覺得這主意再棒不過。」

話聲方落，胡十炎張開的手掌上驀地平空浮冒出數枚小巧的白色牌子。

下一秒，那些白色牌子飛向投影處，不偏不倚地剛好貼在其中的幾扇門板上，頓時就像是小小的門牌。

張亞紫看得清楚，門牌上頭還端整地寫著名字，有的僅有一人，有的則是兩人。

張亞紫

柯維安

秋冬語／蔚可可

蔚商白／宮一刻

楊百罌／曲九江

「你連那對姊弟也安排過去了？」張亞紫一挑眉，饒富興致地說。

「只是事先寫下預備用而已。噢，還有一個也是預備用的。」胡十炎的手上還有一枚門牌，他上上下下地把玩著，眼眸則像陷入思考般微瞇，「哪，帝君，人類有時候比我想像的還有趣。例如楊百罌，還有那兩人——剛剛主動找上我，和我談條件的那對雙生姊弟——我不曉得他們怎麼找上我這來的，不過他們的條件很不錯。他們也是神使，想要加入公會；作爲交換，他們在這個暑假內不會介入公會分派給宮一刻的任務或訓練。」

「你答應了。」張亞紫用的是肯定語氣。

「公會多了兩名有實力的人手，暑假又可以盡情操練宮一刻，對我來說穩賺不賠，怎麼不答應？」胡十炎笑了，手裡的門牌瞬間彈出，也穩穩貼附上其中一扇門板上。

白色的牌子，用黑色的墨漬端整地寫上兩個人名。

蘇染／蘇冉

〈陰七月與幽爐門〉完

後記

後記有捏，而且捏很大，還沒看完正文的記得先跳過喔！

好了，以下進入正題了。

讓大家期待許久的左柚終於正式登場啦XD會特別用「正式」這兩個字，當然就是因爲～她其實在卷五就出現，雖然是用另一種面貌。

不知道大家有沒有想到，僞黑令就是左柚的性轉版。當初都寫過一刻的性轉，所以這次要讓左柚重新登場的時候，就打定主意也要讓她性轉了。夜風大畫的男版左柚眞的太帥氣了啊～～而恢復原形的左柚更是大美人！

之前在臉書上有看過不少關於僞黑令身分的猜測，大家的想法都很有趣XD不過在部落格上還眞的有人猜出來了，非常準確地抓到那些線索，例如說話方式、態度之類的，只能說眞的太厲害了！

如果想知道左柚和一刻在高中時是如何相識的，可以參閱《織女》系列第四集；對一刻性轉感興趣的請翻《織女》番外～（繼續來打個廣告）

西山妖狐部落的事雖說暫告一段落，但是不代表完全結束。一刻他們終於更接近「唯一」的眞相，卻也要面對更多的謎團和冒險，下一集又有什麼會在等著他們呢？

照慣例的關鍵字預告：

水的氣味、暗夜行動、不明人士的到來

我們卷七見了！

醉琉璃

【下集預告】

別人的暑假是吃喝玩樂，
神使們的暑假卻是打怪、出任務。
一刻剛回潭雅市不久，馬上接到緊急通知。

新同伴、新敵人，繁星市將要再起波瀾！

卷七‧繁星與不可思議
6月，火熱推出！

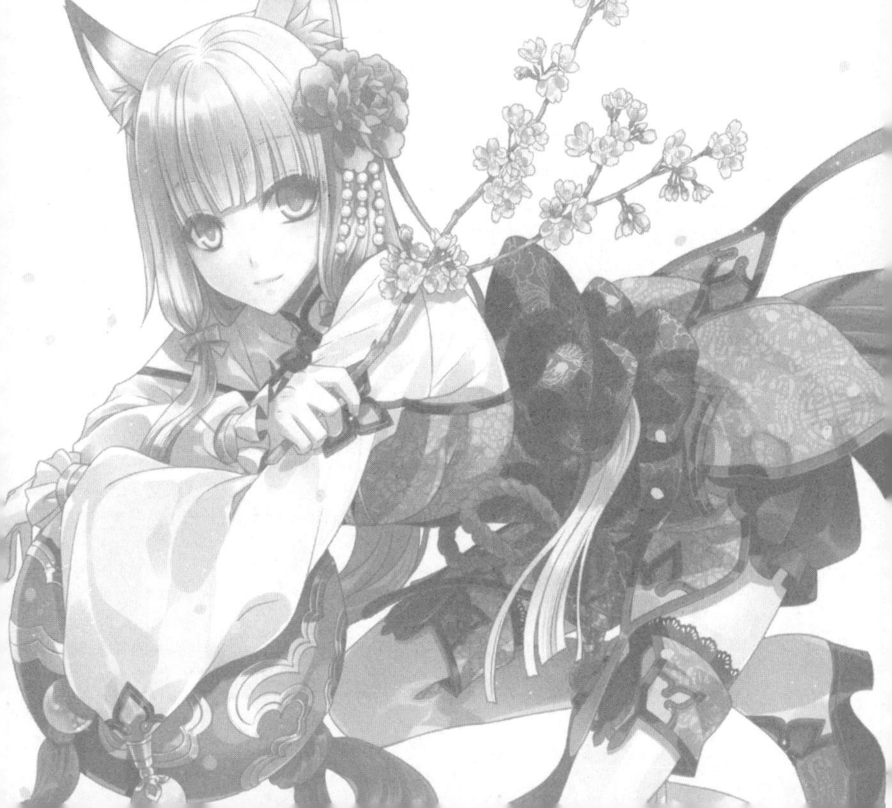

國家圖書館出版品預行編目資料

神使繪卷. 卷六,陰七月與幽爐門 / 醉琉璃 著.
——初版. ——台北市：魔豆文化出版：蓋亞文化發行，2014.04
面； 公分.（Fresh；FS060）
ISBN 978-986-5987-42-8
857.7 102019923

作者 / 醉琉璃
插畫 / 夜風 封面設計 / 克里斯
出版社 / 魔豆文化有限公司
地址◎ 台北市103赤峰街41巷7號1樓
電話◎（02）25585438 傳眞◎（02）25585439
部落格◎ gaeabooks.pixnet.net/blog
臉書◎ www.facebook.com/Gaeabooks
電子信箱◎ gaea@gaeabooks.com.tw
投稿信箱◎ editor@gaeabooks.com.tw
郵撥帳號◎ 19769541 戶名：蓋亞文化有限公司
發行 / 蓋亞文化有限公司
法律顧問 / 宇達經貿法律事務所
總經銷 / 聯合發行股份有限公司
地址◎ 新北市新店區寶橋路二三五巷六弄六號二樓
電話◎（02）29178022 傳眞◎（02）29156275
港澳地區 / 一代匯集
地址◎ 九龍旺角塘尾道64號龍駒企業大廈10樓B&D室
電話◎（852）2783-8102 傳眞◎（852）2396-0050
初版三刷 / 2016年10月
定價 / 新台幣 220 元
Printed in Taiwan

ISBN / 978-986-5987-42-8

魔豆

魔豆